관객모독

Publikumsbeschimpfung

PUBLIKUMSBESCHIMPFUNG
UND ANDERE SPRECHSTÜCKE
by Peter Handke

세계문학전집 306

관객모독

Publikumsbeschimpfung

페터 한트케

윤용호 옮김

민음사

카를하인츠 브라운, 클라우스 파이만, 바슈 파이만,
볼프강 빈스, 페터 슈타인바흐, 미하엘 그루너,
울리히 하스, 클라우스 디터 렌츠, 뤼디거 포글러, 존 레넌에게

차례

등장인물

배우 네 명

배우를 위한 규칙들

가톨릭 성당에서 신부와 신자들이 번갈아 올리는 기도를 귀 기울여 들을 것.

축구장에서 외쳐 대는 응원 소리와 야유 소리를 귀 기울여 들을 것.

데모하는 군중들의 구호 소리를 귀 기울여 들을 것.

안장이 땅을 향해 거꾸로 세워진 자전거에서 돌아가는 바퀴살이 조용해질 때까지 그 소리를 귀 기울여 듣고, 멈추어 설 때까지 바퀴살을 자세히 관찰할 것.

콘크리트 믹서 엔진을 켜고 점점 커지는 소리를 귀 기울여 들을 것.

논쟁 때 오고 가는 말들을 귀 기울여 들을 것.

롤링 스톤스가 부르는 「텔 미」란 노래를 귀 기울여 들을 것.

기차들이 동시에 출발하고 도착하는 소리를 귀 기울여 들을 것.

라디오 룩셈부르크의 히트퍼레이드를 귀 기울여 들을 것.

유엔 회의를 동시에 중계하는 아나운서들의 말을 귀 기울여 들을 것.

「툴라[1]의 함정」이란 영화에서 미녀가 보스에게 앞으로 몇 명이나 더 죽이겠느냐고 질문하자, 보스는 몸을 뒤로 기대면서 아직 몇 명이나 더 남았지? 하고 묻는다. 범죄 조직 보스(리 제이 콥)와 미녀의 이 대화를 귀 기울여 듣고, 동시에 보스를 자세히 관찰할 것.

비틀스 영화들을 자세히 관찰할 것.

최초의 비틀스 영화에서 링고 스타가 다른 사람들로부터 조롱당한 후 드럼 앞에 앉아 드럼을 두들기기 시작하는 그 순간의 미소를 자세히 관찰할 것.

「서부에서 온 사나이」라는 영화에서 게리 쿠퍼의 얼굴을 자세히 관찰할 것.

위의 영화에서 몸에 총을 맞고 폐허가 된 도시의 황량한 거리를 절뚝거리며 한참을 달려가다 쓰러지면서 날카롭게 고함을 지르는 벙어리의 죽음을 자세히 관찰할 것.

동물원에서 인간을 흉내 내는 원숭이들과 침을 흘리는 라마들을 자세히 관찰할 것.

건달이나 게으름뱅이 들이 거리를 걸어가는 모습이나 슬롯머신 앞에서 도박하는 모습을 자세히 관찰할 것.

---

1) 소련의 도시 이름.

관객들이 극장 안으로 들어오면, 연극이 시작되기 전 느껴지는 친숙한 분위기가 그들을 맞이한다. 닫힌 막(幕) 뒤에서는 무슨 물건들이 움직이는 소리를 들을 수 있는데, 그것을 관객들은 무대 장치를 밀거나 당기는 소리로 착각할 수 있다. 무대를 가로질러 책상을 끈다거나 혹은 의자 두어 개를 세웠다가 다시 옆으로 가져가는 그런 소리로 착각할 수 있다. 첫째 줄에 앉아 있는 관객들 역시 막 뒤에서 소곤거리는 소리를 무대 감독의 지시로 착각하거나, 배우들이 소곤거리는 대화를 일꾼들의 소리로 착각할 수 있다. 다른 연극들에서 막이 오르기 전 실제 무대 장치 도구들이 움직이는 소리를 테이프로 녹음해서 사용하는 것이 어쩌면 더 적합할 수도 있다. 이 소리들이 좀 더 잘 들릴 수 있도록 음량을 높일 수도 있다. 이 소리를 특색 있고 단순하게 만들어서 시끄러운 가운데 점차 질서와 규칙이 나타나도록 한다. 객석에서도 우리에게 익숙한 극장 분위기를 조성할 수 있다. 좌석 안내원들은 그들에게 익숙한 부지런함을 더욱 완전하게 수행하고, 보다 예절 바르고 격식에 맞게 움직이고, 그들에게 익숙한 것을 보다 세련되게 속삭일 것이다. 그들의 행동은 분위기 조성에 영향을 줄 것이다. 프로그램은 멋있게 장식되어야 한다. 반복되는 벨 신호도 잊어서는 안 된다. 벨은 점점 짧은 간격으로 울려야 한다. 조명은 가능한 한 천천히 꺼진다. 조명은 단계적으로 꺼질 수도 있다. 좌석 안내원들이 문을 닫는 동작은 특별히 엄숙하고 눈에 띈다. 그러나 그들은 단지 좌석 안내원일 뿐이다. 어떠한 상징적 의미도 생겨나서는 안 된다. 늦게 온 사람들은 입장할 수 없다. 부적절한 옷을 입은 관객도 입장할 수 없다. 부적절한 옷이란 아주 멀리서도 눈에 띄는 옷을 말한다. 옷은 관객들 속에서 유난스럽게 돋보여서는 안 되고 어느 누구의 눈도 찌푸리게 해서는 안 된다. 남자들은 최소한 검은 양복을 입어야 하고 상의와 하얀 셔츠 그리고 눈에 띄지 않는 수수한 넥타이를 착용해야 한다. 여자들은 화려한 색깔 옷을 가능하면 피해야 한다. 입석(立席)은 없다. 문이 닫히고 조명이 점차 꺼지면, 막 뒤쪽도 점차 조용해진다. 막 뒤쪽의 조용함과 객석의 조용함은 동일하다. 거의 눈에 띄지 않게 움직이는, 실제처럼 느껴지는 순간적인 흔들림에 의해 일렁대는 막을 관객들은 아직 잠깐 동안 응시한다. 그다음 막은 조용해진다. 짧은 시간이 흘러간다. 그다음 막이 천천히 올라간다. 그러나 무대는 텅 비어 있다. 텅 빈 무대가 관객들의 눈에 확 트일 때, 무대 뒤에서 배우

넷이 앞으로 걸어 나온다. 무대 위에는 그들의 걸음을 방해할 어떠한 물건도 없다. 무대에는 아무것도 없다. 그들이 특징 없는 걸음걸이와 제멋대로인 복장으로 무대 앞쪽에 걸어 나오는 동안 무대와 객석은 다시 밝아진다. 무대 이쪽이나 저쪽의 밝기는 눈이 부시지 않을 정도로 대충 비슷하다. 공연이 끝나면 밝아지는 일반적인 조명이다. 그 밝기는 무대에서도 객석에서도 공연 내내 변함이 없다. 배우들은 등장하면서 곧바로 관객들을 쳐다보지는 않는다. 그들은 걸으면서도 연습한다. 그들은 말을 하지만 관객들을 향해서 말하는 것은 아니다. 아직 관객들에게 말을 해서는 안 된다. 배우들에게 관객은 아직 존재하지 않는다. 그들은 무대 앞으로 나오면서 입술을 움직인다. 점차 그들의 말을 이해할 수 있게 되고 마침내 말소리가 커진다. 그들이 말하는 욕설들은 서로 겹친다. 그들은 서로가 혼란스럽게 말한다. 그들은 서로가 말을 시작한다. 그들은 서로가 번갈아 가며 단어들을 말한다. 그들은 동시에 말한다. 그들은 모두가 동시에 말하지만 서로 다르게 말한다. 그들은 말을 반복한다. 그들은 보다 크게 말한다. 그들은 소리 지른다. 그들은 이미 했던 말들을 서로 뒤바꾸어 말한다. 그들은 마침내 동시에 한마디씩 한다. 그들이 이 서막에서 하는 말들은 다음과 같다.(순서는 염두에 둘 필요가 없다.) 혐오스러운 상판대기들아, 어릿광대들아, 눈딱부리들아, 가련한 몰골들아, 뻔뻔스러운 작자들아, 오락실 사격장의 허수아비들아, 멍청하게 서서 구경하는 꼴통들아. 어느 정도 일관된 목소리를 내도록 노력한다. 목소리를 제외하고는 다른 이미지가 나타나서는 안 된다. 욕설은 어느 누구를 겨냥하는 것이 아니다. 그래서 그들의 말투가 어떤 의미를 나타내서는 안 된다. 그들은 욕설 연습이 끝나기 전에 무대 앞쪽에 도착한다. 그들은 자유롭게 서 있으나 모습에는 일정한 특징이 있다. 그들은 부동자세로 서 있는 것이 아니라, 말하는 단어들이 그들에게 부여하는 동작에 따라 움직인다. 그들은 이제 관객을 바라보지만, 관객 중 어느 누구도 주시하지는 않는다. 그들은 잠시 말없이 서 있다. 그들은 생각을 가다듬는다. 그다음 그들은 말하기 시작한다. 말하는 순서는 자유롭다. 모두가 대략 같은 분량으로 대단히 열심히 말한다.

여러분을 환영합니다.

이 작품은 일종의 머리말입니다.

여러분이 아직 들어 본 적 없는 것은 여기서도 듣지 못할 것입니다. 여러분이 아직 본 적 없는 것은 여기서도 볼 수 없을 것입니다. 여러분이 이곳 극장에 오면 늘 보았던 것을 여기서는 전혀 볼 수 없을 것입니다. 여러분이 이곳 극장에 오면 늘 들었던 것을 여기서는 전혀 들을 수 없을 것입니다.

여러분이 이전에는 눈으로 보았던 것을 귀로 듣게 될 것입니다.

여러분이 이전에 여기서 눈으로 볼 수 없었던 것을 귀로 듣게 될 것입니다.

여러분이 눈으로 보았던 연극은 볼 수 없을 것입니다.

여러분의 호기심은 충족되지 못할 것입니다.

여러분이 눈으로 보았던 연극은 볼 수 없을 것입니다.

여기서는 연극이 공연되지 않을 것입니다.

여러분은 환상이 없는 연극을 보게 될 것입니다.

여러분은 무엇인가를 기대했었습니다.

여러분은 아마 무엇인가 다른 것을 기대했었습니다.

여러분은 대상들을 기대했었습니다.

여러분은 대상들을 기대하지 않았을 수도 있습니다.

여러분은 어떤 분위기를 기대했었습니다.

여러분은 어떤 다른 세계를 기대했었습니다.

여러분은 어떤 다른 세계를 기대하지 않았을 수도 있습니다.

어쨌든 여러분은 무엇인가를 기대했었습니다.

아무튼 여러분은 여기서 무엇인가 듣기를 기대했었습니다.

그러나 이번 경우 여러분은 무엇인가 다른 것을 기대했을 수도 있습니다.

여러분은 줄지어 앉아 있습니다. 여러분은 일정한 유형에 따라 앉아 있습니다. 여러분은 일정한 순서로 앉아 있습니다. 여러분은 얼굴을 일정한 방향으로 향하고 앉아 있습니다. 여러분은 일정한 간격을 두고 서로 떨어져 앉아 있습니다. 여러분은 청중입니다. 여러분은 통일체를 이루고 있습니다. 여러분은 객석에 앉아 있는 청중입니다. 여러분의 생각은 자유롭습니다. 여러분은 자신의 생각을 할 수 있습니다. 여러분은 우리가 말하는 것을 보고, 듣습니다. 여러분의 호흡은 우리가 말하는 호흡을 따르고 있습니다. 우리는 말하고 여러분은 호흡합니다. 우리와 여러분은 점차 일체감을 느낍니다.

여러분은 생각 없이 앉아 있습니다. 여러분은 아무것도 생각하지 않고 앉아 있습니다. 여러분은 함께 생각합니다. 여러분은 함께 생각하지 않습니다. 여러분은 어떤 생각에 얽매이지 않습니다. 여러분의 생각은 자유롭습니다. 우리는 이렇게 말하면서 여러분의 생각을 파고듭니다. 여러분에겐 속셈이 있습니다. 우리는 이렇게 말하면서 여러분의 속셈을 파고듭니다. 여러분은 함께 생각합니다. 여러분은 듣습니다. 여러분은 실감 나게 이해합니다. 여러분은 실감 나게 이해하지 못합니다. 여러분은 생각하지 않습니다. 여러분의 생각은 자유롭지 않습니다. 여러분은 어떤 생각에 얽매여 있습니다.

여러분은 우리가 여러분과 이야기할 때 우리를 쳐다봅니다. 여러분은 우리를 방관하지 않습니다. 여러분은 우리를 주시합니다. 여러분도 주시됩니다. 여러분은 보호받는 상태가 아닙니다. 여러분은 어둠 속에서 빛을 바라보는 유리한 입장이 아닙니다. 우리도 빛 속에서 어둠을 바라보는 불리한 입장은 아닙니다. 여러분은 우리를 쳐다봅니다. 여러분은 우리를 주시하고 또 우리에게 주시당합니다. 이러한 방식으로 우리와 여러분은 점차 일체감을 느낍니다. 여러분이라고 말하는 대신 우리는 특정한 조건에 따라 우리라고도 말할 수 있을 것입니다. 우리는 한 지붕 아래 있습니다. 우리는 잘 짜인 하나의 모임입니다.

여러분은 우리 말을 귀 기울여 듣지 않습니다. 여러분은 우리 말을 귀 기울여 듣기도 합니다. 여러분은 벽 뒤에 서서 엿듣는 입장이 아닙니다. 우리는 여러분에게 터놓고 말합니다. 우리는 여러분 시선을 마주 보며 대화하지 않습니다. 우리 대화는 여러분 시선으로 단절되지는 않을 것입니다. 우리 말과 여러분 시선은 각을 이루지 않습니다. 여러분은 무시되지 않을 것입니다. 여러분은 남이 말하는 데 야유하는 사람으로 취급되지는 않을 것입니다. 여러분은 이곳의 사건을 개구리나 새의 관점에서 평가할 필요가 없습니다. 여러분은 심판자 노릇을 할 필요가 없습니다. 여러분은 우리가 때때로 고개를 돌려 바라볼 수 있는 청중으로 취급되지는 않을 것입니다. 이것은 연극이 아닙니다. 여기에는 막간 휴식이 없습니다. 여기에는 여러분에게 감동을 주는 어떤 사건도 없습니다. 이것은 연극이 아닙니다. 우리는 여러분에게 이야기를 하기 위해 출현하지는 않았습니다. 우리는 여러분을 각성시키기 위한 어떠한 환상도 필요로 하지 않습니다. 우리는 여러분에게 아무것도 보여 주지 않습니다. 우리는 어떠한 운명극도 상연하지 않습니다. 우리는 꿈을 공연하는 것도 아닙니다. 어떤 사실을 보고하는 것도 아닙니다. 어떤 기록물도 아닙니다. 현실의 단면도 아닙니다. 우리는 여러분께 아무것도 이야기하지 않습니다. 우리는 아무런 행동도 하지 않습니다. 우리는 여러분께 아무런 사건도 연기(演技)하지 않습니다. 우리는 아무것도 연기하지 않습니다. 우리는 여러분께 아무것도 보여 주지 않습니다. 우리는 단지 말만 합니다. 우리는 여러분께 말하면서 연기합니다. 우리가 우리라고 말할 때, 그것은 여러분을 의미할 수도 있습니다. 우리는 여러분의 상황을 연기하지 않습니다. 우리를 보고 여러분은 자신을 인식할 수 없을 것입니다. 우리는 어떤 상황을 연기하지 않습니다. 여러분은 당황할 필요가 없습니다. 여러분은 당황해서는 안 됩니다. 여러분 앞에는 어떤 거울도 없습니다. 여러분은 의미가 없습니다. 여러분에겐 말이 건네졌습니다. 여러분에겐 말이 건네질 것입니다. 여러분에게 말이 건네지지 않는다면, 여러분은 지루해질 것입니다.

여러분은 남이 사는 대로 똑같이 살지는 않습니다. 여러분은 남이 가는 대로 똑같이 가지도 않습니다. 여러분은 아무것도 실감 나게 체험하지 않습니다. 여러분은 여기서 어떤 음모도 체험하지 않습니다. 여러분은 아무것도 체험하지 않습니다. 여러분은 아무것도 상상하지 않습니다. 여러분은 아무것도 상상할 필요가 없습니다. 여러분은 아무런 가정도 하실 필요가 없습니다. 여러분은 여기에 무대가 있다는 것을 아실 필요도 없습니다. 여러분은 기대에 차 있을 필요도 없습니다. 여러분은 기대에 차 등을 뒤로 기댈 필요도 없습니다. 여러분은 여기서 단지 연기가 이루어진다는 사실을 아실 필요도 없습니다. 우리는 아무런 사건도 만들지 않습니다. 여러분이 어떤 사건을 추적하는 것도 아닙니다. 여러분은 함께 연기하지 않습니다. 여러분 앞에서 연기가 이루어질 뿐입니다. 이것은 언어극입니다.

여기서는 연극이 무엇인지를 다루지는 않습니다. 여기서는 여러분의 기대가 충족되지 않을 것입니다. 여러분의 호기심은 만족스럽게 채워지지 않을 것입니다. 어떠한 불꽃도 우리로부터 여러분에게 전달되지는 않을 것입니다. 긴장 때문에 그럴 여유도 없을 것입니다. 이 널빤지 무대가 바로 세상을 뜻하지는 않습니다. 이 널빤지는 세상에 속합니다. 이 널빤지는 우리가 그 위에 서는 것을 도와줍니다. 이것이 바로 여러분의 세계입니다. 여러분은 더 이상 울타리 밖 구경꾼들이 아닙니다. 여러분이 주제입니다. 여러분은 스포트라이트를 받고 있습니다. 여러분이 우리 언어의 중심입니다.

아무것도 여러분을 속이지 않습니다. 여러분은 흔들리는 벽을 전혀 볼 수 없습니다. 여러분은 자물쇠가 잠기는 소리도 듣지 못합니다. 여러분은 소파가 삐걱거리는 소리도 듣지 못합니다. 여러분은 어떤 현상도 볼 수 없습니다. 여러분은 어떤 환영도 보지 못합니다. 여러분은 어떤 형태도 볼 수 없습니다. 여러분은 어떤 암시도 볼 수 없습니다. 여러분은 어떤 숨겨진 모습도 볼 수 없습니다. 여러분은 어떤 공허한 모습도 볼 수 없습니다. 무대의 공허함은 어떤 다른 모습을 지닌 공허함이 아닙니다. 무대의 공허함은 아무것도 의미하지 않습니다. 무대는 텅 비었습니다. 무대 장비들은 우리 발걸음을 방해하기 때문입니다. 무대는 텅 비었습니다. 우리에겐 아무런 장비도 필요하지 않기 때문입니다. 무대에선 아무것도 상연되지 않습니다. 무대에선 어떤 다른 공허함도 상연되지 않습니다. 무대는 텅 비었습니다. 여러분이 다른 장비들로 착각할 어떤 장비들도 볼 수 없습니다. 여러분이 다른 어둠으로 착각할 어떤 어둠도 볼 수 없습니다. 여러분이 다른 밝음으로 착각할 어떤 밝음도 볼 수 없습니다. 여러분이 다른 빛으로 착각할 어떤 빛도 볼 수 없습니다. 여러분이 다른 소음으로 착각할 어떤 소음도 듣지 못할 것입니다. 여러분이 다른 공간으로 착각할 어떤 공간도 볼 수 없습니다. 여러분은 어떤 다른 시간을 의미할 시간을 여기서는 체험하지 못할 것입니다. 여기 무대 위에는 여러분의 시간과 다른 시간은 없습니다. 우리는 같은 시간에 있습니다. 우리는 같은 장소에 있습니다. 우리는 같은 공기를 호흡합니다. 우리는 같은 공간에 있습니다. 여기는 여러분의 세계와 다른 세계가 아닙니다. 무대 앞쪽 가장자리는 경계가 아닙니다. 단지 가끔 경계가 될 뿐입니다. 우리가 여러분에게 말하는 동안은 내내 경계가 아닙니다. 여기서는 눈에 보이지 않는 영역은 없습니다. 어떤 마술 영역도 없습니다. 어떤 연기 장소도 없습니다. 우리는 연기하지 않습니다. 우리는 모두 같은 공간에 있습니다. 경계는 붕괴될 수도 없고, 통과될 수도 없고, 존재하지도 않습니다. 여러분과 우리 사이에는 빛이 비치는 무대와 어두운 객석을 나누는 어떠한 광선 띠도 없습니다. 우리는 저절로 움직이는 소도구들이 아닙니다. 우리는 어떤 것의 모습들이 아닙니다. 우리는 연기자가 아닙니다. 우리는 아무것도 연기하지 않습니다. 우리는 아무것도 상상하지 않습니다. 우리에겐 어떠한 가명(假名)도 없습니다. 우리의 심장 고동은 어떤 다른 심장 고동을 의미하지는 않습니다. 우리가 지르는 소름 끼치는 고함 소리는 다른 소름 끼치는 고함 소리를 의미하지는 않습니다. 우리는 우리 역할을 벗어나지 않습니다. 우리에겐 아무런 역할도 없습니다. 우리는 우리입니다. 우리는 작가의 대변자입니다. 여러분은 우리에 관해 어떤 모습도 만들 수 없습니다. 여러분은 우리에 관해 어떤 모습도 만들 필요가 없습니다. 우리는 우리입니다. 우리 의견이 작가의 의견과 일치할 필요는 없습니다.

우리를 비추는 불빛이 무엇인가를 의미하는 것은 아닙니다. 우리가 입고 있는 옷도 무엇인가를 의미하는 것은 아닙니다. 이 옷은 아무것도 표시하지 않고, 무엇과 뚜렷한 대조를 이루지도 않고, 아무것도 암시하지 않습니다. 이 옷은 여러분에게 어떤 다른 시간을 암시하지도 않고, 어떤 다른 기후를, 어떤 다른 계절을, 어떤 다른 위도를, 이 옷을 입을 어떤 다른 동기를 암시하지도 않습니다. 옷은 아무런 작용도 하지 않습니다. 우리들 태도 역시 여러분에게 무엇인가 암시하는 아무런 작용도 하지 않습니다. 이것은 결코 세계극이 아닙니다.

우리는 익살꾼이 아닙니다. 여기에는 우리가 걸려 넘어질 만한 물건들이 없습니다. 물건들을 사용할 때 겪는 어려움 같은 것은 계획에 없습니다. 책략적인 물건들이 함께 상연되지 않기 때문에, 그런 것은 존재하지 않습니다. 물건들이란 책략적인 상연에 이용되는 것이 아니라, 그들 자체가 책략적입니다. 우리가 여기서 비틀거린다면, 아무런 의도 없이 비틀거린 것입니다. 우리들 의상의 흠도 의도적인 것이 아니고, 우리들이 어쩌다 미소를 띠어도 의도적인 것은 아닙니다. 여러분을 즐겁게 하는 실수 역시 의도적인 것은 아닙니다. 우리가 말을 더듬는다 해도, 의도 없이 더듬는 것입니다. 우리가 손수건을 떨어뜨린다 해도 그것을 연극과 연관 지을 수는 없습니다. 우리는 연기하지 않습니다. 우리는 물건을 사용할 때 부딪히는 어려움을 연극이라고 할 수 없습니다. 우리는 물건을 사용할 때 부딪히는 어려움을 수정할 수 없습니다. 우리는 두 가지 뜻을 지닐 수가 없습니다. 우리는 여러 가지 뜻을 지닐 수도 없습니다. 우리는 어릿광대가 아닙니다. 우리는 원형 경기장에 있는 것이 아닙니다. 여러분은 경기장을 둘러싼 권력자처럼 즐기는 것이 아닙니다. 여러분은 책략적인 사물들의 희극을 즐기는 것이 아닙니다. 여러분은 언어의 희극을 즐기는 것입니다.

여기서 연극의 가능성들은 도움이 되지 않습니다. 가능성들의 영역은 측정되지 않습니다. 연극은 속박에서 풀려나지 않습니다. 연극은 속박됩니다. 운명은 여기서 역설적인 의미를 지닙니다. 우리는 극적이지 않습니다. 우리들의 희극은 충격을 주지는 않습니다. 여러분의 웃음은 자유로울 수 없습니다. 우리는 연기를 하면서 기뻐하지 않습니다. 우리는 여러분 앞에서 어떠한 세계도 연출하지 않습니다. 여기는 반쪽 세계가 아닙니다. 우리는 두 세계를 그리지 않습니다.

여러분은 주제입니다. 여러분은 흥미의 중심에 있습니다. 여기서는 사건이 일어나지 않습니다. 여기서는 여러분이 연구 대상이 됩니다. 언어유희가 아닙니다. 여러분은 개별 인간들로 다루어지지 않습니다. 여러분은 여기서 개체가 아닙니다. 여러분은 여기서 무슨 특별한 표식을 지니지는 않습니다. 여러분은 여기서 무슨 특별한 인상을 지니지는 않습니다. 여러분은 여기서 개인이 아닙니다. 여러분은 여기서 아무런 특성도 지니지 않습니다. 여러분은 여기서 아무런 운명도 지니지 않습니다. 여러분은 여기서 아무런 이야기도 지니지 않습니다. 여러분은 여기서 아무런 과거도 지니지 않습니다. 여러분은 여기서 아무런 특성이 없습니다. 여러분은 여기서 아무런 인생 체험도 하지 않습니다. 여러분은 여기서 단지 연극을 체험합니다. 여러분은 확실하게 무엇인가를 체험합니다. 여러분은 연극 관객입니다. 여러분은 여러분의 특성 때문에 흥미를 끄는 것은 아닙니다. 연극 관객으로서 여러분이 지닌 특성이 흥미로운 것입니다. 여러분은 여기서 연극 관객으로서 하나의 유형을 형성합니다. 여러분은 어떤 인격체가 아닙니다. 여러분은 어떤 개체가 아닙니다. 여러분은 인간 다수입니다. 여러분의 얼굴은 한 방향을 봅니다. 여러분은 똑바로 정렬

해서 앉아 있습니다. 여러분의 귀는 모두 같은 말을 듣습니다. 여러분은 한 사건입니다. 여러분이 그 사건입니다.

여러분은 우리에 의해 주시됩니다. 여러분은 어떤 이미지를 형성하지는 않습니다. 여러분은 상징적이지 않습니다. 여러분은 그냥 장식입니다. 여러분은 그냥 유형입니다. 여러분은 여기서 모두가 지닌 특징을 지닙니다. 여러분은 일반적인 특징을 지닙니다. 여러분은 여기서 같은 종류의 인간들입니다. 여러분은 유형을 형성합니다. 여러분은 같은 행동을 하거나 또는 같은 행동을 하지 않거나 합니다. 여러분은 한 방향을 바라봅니다. 여러분은 일어서지도 않고, 여러 방향을 바라보지도 않습니다. 여러분은 그냥 유형이고 그리고 그냥 유형을 지닙니다. 여러분은 유형에 대해 생각하며 여기 극장 안으로 들어왔습니다. 무대는 위쪽이고 여러분이 있는 곳은 아래쪽이라는 유형을 생각합니다. 여러분은 두 세계를 생각합니다. 여러분은 연극 세계의 유형을 생각합니다.

이제 여러분은 이러한 유형을 필요로 하지 않습니다. 여러분은 여기서 연극에 참여하지 않습니다. 여러분은 참여하지 않습니다. 여러분은 스포트라이트를 받으며 앉아 있습니다. 여러분이 중심에 있습니다. 여러분이 관심의 초점이 됩니다. 여러분은 환호할 수 있습니다. 여러분은 열광할 수 있습니다. 여러분은 유형을 필요로 하지 않습니다. 여러분이 바로 유형입니다. 여러분은 발견됩니다. 여러분은 오늘 저녁 발견된 것입니다. 여러분은 우리를 격려해 줍니다. 우리들의 말은 여러분을 점화합니다. 그 불꽃은 여러분에게서 다시 우리에게로 번져 옵니다.

이 공간은 꾸며서 만든 가짜 공간이 아닙니다. 여러분을 향해 열린 이 벽면은 집에서 보는 네 번째 벽면은 아닙니다. 여기서 세계는 과장될 필요가 없습니다. 여러분은 여기서 어떤 문도 볼 수 없습니다. 여러분은 옛날 연극에 나오는 두 문을 볼 수 없습니다. 여러분은 보여서는 안 되는 사람이 숨어서 밖으로 빠져나가는 뒷문을 볼 수 없습니다. 여러분은 보여서는 안 되는 사람이 모습을 보이면서 안으로 들어오는 앞문도 볼 수 없습니다. 어떤 뒷문도 존재하지 않습니다. 현대 연극에서 볼 수 있듯 전혀 문이 없는 것은 아닙니다. 문이 없다는 말은 실제로 문이 없는 것을 나타내는 말은 아닙니다. 이곳은 다른 세계가 아닙니다. 우리는 여러분이 없는 것처럼 그렇게 행동하지는 않습니다. 여러분은 우리에게 공기 같은 존재는 아닙니다. 여러분은 그곳에 있다는 것만으로도 우리에게 아주 중요합니다. 우리는 바로 여러분이 있기 때문에 말하는 것입니다. 여러분이 없다면 우리는 허공에다 말하게 되었을 것입니다. 여러분은 침묵을 전제로 앉아 있는 사람들은 아닙니다. 여러분은 벽 뒤에서 말없이 앉아 엿듣는 사람들은 아닙니다. 여러분은 열쇠 구멍으로 엿보는 사람들은 아닙니다. 우리는 세상에 우리만 존재하는 것처럼 행동하지는 않습니다. 우리는 여러분을 계몽하기 위해 설명하지는 않습니다. 우리는 여러분의 계몽에 대한 관찰 보고서를 작성하지는 않습니다. 우리는 여러분을 계몽하기 위한 어떤 예술 개념도 필요로 하지 않습니다. 우리는 어떤 예술 개념도 필요로 하지 않습니다. 우리는 극장 효과를 나타낼 필요도 없습니다. 우리는 등장도 하지 않고, 퇴장도 하지 않고, 여러분 쪽으로 고개를 돌리고 말하지도 않습니다. 우리는 여러분에게 아무것도 말하지 않습니다. 어떠한 대화도 시작되지 않습니다. 우리는 대화하지 않습니다. 우리는 여러분과도 대화하지 않습니다. 우리는 여러분과 어떤 대화도 원하지 않습니다. 여러분은 뭔가를 잘 아는 사람들이 아닙니다. 여러분은 어떤 사건의 목격자가 아닙니다. 우리는 여러분에게 절대 빈정거리지 않습니다. 여러분은 더 이상 무감각한 상태로 있을 필요가 없습니다. 여러분은 더 이상 수수방관만 할 필요가 없습니다. 여기서는 어떠한 행동도 일어나지 않습니다. 여러분은 처음부터 어두운 객석에서 연극을 보고 즐거워할 준비가 되어 있었는데, 우리가 여러분을 응시하고 말을 거니 심기가 불편하실 것입니다. 여러분의 존재는 우리들이 말하는 모든 순간에 공개적으로 포함되어 있습니다. 그것은 한 호흡에서 다음 호흡으로, 한 순간에서 다음 순간으로, 한 단어에서 다음 단어로 표현됩니다. 연극에 관한 여러분의 생각은 말없이 앉아 있어야 한다는 것을 전제로 하지만, 우리 행동에는 해당되지 않습니다. 여러분은 방관자로 선택된 것도, 구경꾼으로 선택된 것도 아닙니다. 여러분은 주제입니다. 여러분은 우리의 선도자입니다. 여러분은 우리의 상대자입니다. 여러분은 대상입니다. 여러분은 우리 언어의 대상입니다. 이것은 일종의 은유입니다. 여러분은 우리가 말하는 은유의 대상으로 봉사하고 있습니다. 여러분은 은유 역할을 합니다.

여기 양쪽 중 여러분은 조용한 쪽입니다. 여러분은 조용한 상태입니다. 여러분은 기대하는 상태입니다. 여러분은 주체가 아닙니다. 여러분은 객체입니다. 여러분은 우리 언어극의 객체입니다. 그러나 여러분은 또한 주체입니다.

이 연극에는 막간(幕間) 휴식이 없습니다. 의미 없는 언어들 사이에 휴식이 있을 뿐입니다. 무언의 언어들에는 의미가 없습니다. 무언의 언어들이란 존재하지 않습니다. 침묵은 아무것도 표현하지 않습니다. 고함지르는 침묵이란 있을 수 없습니다. 조용한 침묵이란 있을 수 없습니다. 죽음의 침묵이란 있을 수 없습니다. 여기서는 우리가 말을 하기 때문에 어떤 침묵도 존재하지 않습니다. 이 작품에는 우리에게 침묵을 의미하는 어떤 지시도 없습니다. 우리는 일부러 휴식을 꾸미지 않습니다. 우리의 휴식은 자연스러운 휴식입니다. 우리의 휴식은 침묵처럼, 말하지 않는 것입니다. 우리는 아무것도 침묵을 통해 말하지 않습니다. 우리가 하는 말들 사이에 어떤 메울 수 없는 틈이 있는 것은 아닙니다. 우리가 하는 말들 사이에 어떤 틈새가 있는 것은 아닙니다. 여러분은 논점과 논점 사이를 읽을 수 없습니다. 여러분은 우리들의 얼굴에서 아무것도 읽을 수 없습니다. 요점에 속하는 것은 우리들의 몸짓에서 아무것도 표현되지 않습니다. 말할 수 없는 것은 침묵을 통해서도 말할 수 없습니다. 어떤 설득력 있는 눈짓이나 몸짓도 없습니다. 침묵과 무언은 예술을 위한 수단이 아닙니다. 침묵하는 철자는 없습니다. 여기서는 묵음 H가 있을 뿐입니다. 이것이 핵심입니다.

여러분은 이미 나름대로 생각했을 겁니다. 여러분은 우리가 무엇을 거부하는지 아셨을 겁니다. 여러분은 우리가 반복하고 있다는 것도 아셨을 겁니다. 여러분은 우리가 항변하고 있다는 것도 아셨을 겁니다. 여러분은 이 작품이 연극에 대한 토론이라는 것도 아셨을 겁니다. 여러분은 이 작품의 변증법적 구조도 아셨을 겁니다. 여러분은 확고한 반항 정신도 아셨을 겁니다. 여러분은 작품 의도에 대해서도 분명하게 인식하셨을 겁니다. 여러분은 우리가 무엇보다도 거부한다는 것을 아셨을 겁니다. 여러분은 우리가 반복한다는 것을 아셨을 겁니다. 여러분은 아셨을 겁니다. 여러분은 꿰뚫어 보셨을 겁니다. 여러분은 아직 아무런 생각도 하지 못했을 수도 있습니다. 여러분은 이 작품의 변증법적 구조를 아직 꿰뚫어 보지 못했을 수도 있습니다. 이제 여러분은 알아차립니다. 여러분의 생각은 너무 느립니다. 이제야 여러분은 우리 속셈을 아셨습니다.

여러분은 매력적으로 보입니다. 여러분은 매혹적으로 보입니다. 여러분은 인상적으로 보입니다. 여러분은 감동적으로 보입니다. 여러분은 독특한 존재로 보입니다.

그러나 여러분은 저녁 늦게까지 시간을 즐길 수는 없습니다. 여러분에겐 어떤 멋진 묘안도 없습니다. 여러분은 피로에 지쳤습니다. 여러분은 만족스러운 주제도 아닙니다. 여러분은 희곡 작법의 실수입니다. 여러분에겐 생동감이 없습니다. 여러분에겐 극적 효과도 없습니다. 여러분은 우리를 다른 세계로 옮기지도 못합니다. 여러분은 우리 마음을 사로잡지도 못합니다. 여러분은 우리를 현혹하지도 못합니다. 여러분은 우리와 유쾌하게 이야기를 나누지도 못합니다. 여러분은 유희를 즐거워하지도 않습니다. 여러분은 명랑하지도 않습니다. 여러분에겐 연극에 관한 넘치는 기운도 없습니다. 여러분에겐 연극에 관한 어떤 직감도 없습니다. 여러분에겐 말할 것이 아무것도 없습니다. 여러분의 데뷔에는 설득력이 없습니다. 여러분은 존재 가치가 없습니다. 여러분은 우리에게 시간을 잊도록 하지도 못합니다. 여러분은 사람들에게 말을 걸지도 않습니다. 여러분은 우리의 마음을 움직이지도 못합니다.

이것은 연극이 아닙니다. 여기서는 이미 일어났던 사건이 반복되지는 않습니다. 여기서는 지금이 있을 뿐입니다. 현재가 있을 뿐입니다. 오직 한 번 있을 뿐입니다. 이것은 이전에 한 번 발생했던 행위가 다시 반복되는 현장 검증이 아닙니다. 여기서 시간은 아무런 역할도 하지 않습니다. 우리는 행동도 연기하지 않고, 시간도 연기하지 않습니다. 여기서 시간은 한 단어에서 다음 단어로 진행되는 현실입니다. 여기서 시간은 단어들 사이를 흘러갑니다. 여기서 시간은 반복된다고 주장할 수 없습니다. 여기서는 어떤 연극도 반복될 수 없고, 이전처럼 동시에 공연될 수도 없습니다. 여기서 시간은 여러분의 시간입니다. 여기서 시간 간격은 여러분의 시간 간격입니다. 여기서 여러분은 시간을 우리들의 시간과 비교할 수 있습니다. 여기서 시간은 양쪽 끝이 있는 밧줄이 아닙니다. 이것은 현장 검증이 아닙니다. 여기서 시간은 반복된다고 주장할 수 없습니다. 여기서 여러분의 시간과 연결된 탯줄은 끊어지지 않습니다. 여기서 시간은 연극 속 시간입니다. 여기서 시간은 진지합니다. 여기서 시간은 한 단어에서 다음 단어로 진행됩니다. 여기서 시간은 여러분의 시간이라는 사실이 추가됩니다. 여기서 시간은 여러분의 시계에서 볼 수 있습니다. 어떤 다른 시간이 이곳을 지배하지 않습니다. 여기서 시간은 여러분의 호흡에 따라 측정되는 지배자입니다. 여기서 시간은 여러분에게 의존합니다. 우리는 여러분의 호흡에 따라, 여러분의 속눈썹 실룩거림에 따라, 여러분의 맥박에 따라, 여러분의 세포 성장에 따라 시간을 잽니다. 여기서 시간은 순간순간 지나갑니다. 시간은 순간에 따라 측정됩니다. 시간은 여러분의 순간에 따라 측정됩니다. 시간은 여러분의 위(胃)를 통해 지나갑니다. 여기서 시간은 일반 연극 상연 현장에서처럼 반복되지 않습니다. 이것은 공연이 아닙니다. 여러분은 아무것도 상상하실 필요가 없습니다. 여기서 시간은 양쪽 끝이 있는 밧줄이 아닙니다. 여기서 시간은 외부 세계와 단절된 시간이 아닙니다. 여기에는 시간의 양면성이 존재하지 않습니다. 여기에는 두 세계가 존재하지 않습니다. 우리가 여기 있는 동안에도 지구는 돕니다. 여기 위에 있는 우리들의 시간이 거기 아래에 있는 여러분의 시간입니다. 시간은 한 단어에서 다음 단어로 흐릅니다. 우리가, 아니 우리와 여러분이 호흡하는 동안에도, 우리 머리카락이 자라는 동안에도, 우리가 땀을 흘리는 동안에도, 우리가 냄새를 맡는 동안에도, 우리가 듣는 동안에도 시간은 흐릅니다. 비록 우리가 반복해서 말한다 해도, 비록 우리가 우리들의 시간은 여러분의 시간이라고 반복해서 말한다 해도, 또 우리가, 아니 우리와 여러분이 호흡하는 동안에도, 우리 머리카락이 자라는 동안에도, 우리가 땀을 흘리는 동안에도, 우리가 냄새를 맡는 동안에도, 우리가 듣는 동안에도 시간은 한 단어에서 다음 단어로 흐른다고 우리가 반복해서 말한다 해도, 시간은 반복되지 않습니다. 우리는 아무것도 반복할 수 없고, 시간은 이미 지나가고 있습니다. 시간은 반복되지 않습니다. 모든 순간은 역사적입니다. 여러분의 모든 순간은 역사적인 순간입니다. 우리는 같은 말을 두 번 할 수는 없습니다. 이것은 어떤 현장의 재연이 아닙니다. 우리는 같은 일을 다시 한 번 할 수는 없습니다. 우리는 같은 태도를 반복할 수는 없습니다. 우리는 같은 것을 다시 한 번 말할 수는 없습니다. 시간은 우리들의 입술 위로 지나갑니다. 시간은 되돌릴 수 없습니다. 시간은 밧줄이 아닙니다. 이것은 어떤 현장의 재연이 아닙니다. 지나간 것은 현재가 될 수 없습니다. 과거는 죽은 것이고 묻혀 있는 것입니다. 우리는 죽은 시간을 구현해 주는 어떠한 인형도 필요로 하지 않습니다. 이것은 인형극이 아닙니다. 이것은 진실한 것입니다. 이것은 연극이 아닙니다. 이것은 진실이 아니기도 합니다. 여러분은 모순을 깨닫습니다. 시간은 여기서 언어 연극에 사용됩니다.

이것은 기교가 아닙니다. 이것은 비상시를 위한 연습도 아닙니다. 아무도 여기서 죽은 체할 필요가 없습니다. 아무도 여기서 활기찬 모습을 보일 필요가 없습니다. 여기서는 아무것도 제시되지 않습니다. 부상자 수도 정해지지 않았습니다. 결말이 대본에 확정돼 있지도 않습니다. 여기에는 결말이 없습니다. 누구도 여기에서 자신을 내세울 필요가 없습니다. 우리는 우리 외에 다른 것을 연기하지 않습니다. 우리는 지금 여기서 우리가 처한 상황 외에 다른 상황을 연기하지 않습니다. 이것은 기교가 아닙니다. 우리는 다른 상황에 있는 우리 자신을 연기하지 않습니다. 비상사태를 생각하는 것은 아닙니다. 우리는 우리 죽음을 연기할 필요가 없습니다. 우리는 우리 인생을 연기할 필요가 없습니다. 우리는 우리가 앞으로 무엇이 될지 그리고 어떻게 될지를 미리 연기하지는 않습니다. 우리는 연극에서 미래를 생생하게 연기하지 않습니다. 우리는 다른 시간을 연기하지 않습니다. 우리는 비상사태를 연기하지 않습니다. 우리는 시간이 흐르는 동안 말합니다. 우리는 시간이 흘러간다는 점에 관해 말합니다. 우리는 시간의 흐름에 대해 말합니다. 우리는 가장(假裝)하지 않습니다. 우리는 시간을 되돌릴 수 있는 것처럼, 또 시간을 예측할 수 있는 것처럼 행동하지 않습니다. 이것은 현장 재연도 아니고 기교도 아닙니다. 다른 한편으로 우리는 가장합니다. 우리는 마치 말을 반복할 수 있는 것처럼 행동합니다. 우리는 겉보기에는 반복합니다. 여기는 가상 세계입니다. 여기서 가상은 가상입니다. 가상은 여기서 가상입니다.

여러분은 무엇인가를 표현하고 있습니다. 여러분은 그 누구입니다. 여러분은 그 무엇입니다. 여러분은 그 누구가 아니라, 그 무엇입니다. 여러분은 질서 있는 공동체입니다. 여러분은 연극 공동체입니다. 여러분은 옷 상태, 태도, 시선을 통해 이루어진 조직체입니다. 여러분의 옷 색깔은 좌석 색깔과 서로 맞아떨어지지는 않습니다. 여러분은 좌석과도 질서를 이룹니다. 여러분은 여기서 평소와 좀 다른 옷차림을 하고 앉아 있습니다. 여러분은 여러분의 옷차림을 통해 질서를 이루기 위해 주의합니다. 여러분은 평소와 다른 옷차림을 하고 앉아 있습니다. 여러분은 그런 차림을 함으로써 일상적이지 않은 일을 하고 있다는 것을 보여 줍니다. 여러분은 가장행렬에 참석하기 위하여 가장행렬을 추진합니다. 여러분은 참석합니다. 여러분은 구경합니다. 여러분은 응시합니다. 여러분은 구경하면서 경직됩니다. 좌석은 이러한 과정을 도와줍니다. 여러분은 구경하는 그 무엇입니다. 여러분에겐 여러분의 눈을 위한 공간이 필요합니다. 막이 닫히면 여러분은 점차 폐소 공포증을 느낍니다. 여러분은 초점을 잡을 수가 없습니다. 여러분은 둘러싸였다고 느낍니다. 여러분은 사로잡혔다고 느낍니다. 막이 오르면 폐소 공포증이 사라집니다. 그래서 여러분의 마음은 가벼워집니다. 여러분은 구경할 수 있습니다. 여러분의 시선은 자유로워집니다. 여러분은 얽매이지 않게 됩니다. 여러분은 참여할 수 있습니다. 여러분은 막이 닫혔을 때처럼 공간 한가운데 있지 않습니다. 여러분은 더 이상 누군가가 아닙니다. 여러분은 무엇인가가 됩니다. 여러분은 더 이상 혼자가 아닙니다. 여러분은 더 이상 방임되지도 않습니다. 여러분은 다만 참여할 따름입니다. 여러분은 관객입니다. 그것이 여러분의 마음을 가볍게 합니다. 여러분은 참여할 수 있습니다.

여기 무대 위에는 지금 질서가 없습니다. 여러분에게 질서를 보여 줄 만한 어떤 물건도 없습니다. 세계는 여기서 안전한 것도 엉망이 된 것도 아닙니다. 여기는 결코 세계가 아닙니다. 여기에 소도구들의 자리는 없습니다. 무대에서 소도구들의 자리는 지정되어 있지 않습니다. 자리가 지정되어 있지 않기 때문에, 여기 위쪽에는 지금 질서가 없습니다. 물건들의 위치를 표시한 분필 자국도 없습니다. 인물들의 위치를 알려 주는 표시도 없습니다. 여러분과 여러분 좌석과는 반대로 여기서는 아무것도 자기 자리가 없습니다. 여기서 물건들에게는, 거기 아래쪽에 여러분 좌석이 자리 잡은 것처럼, 어떤 확정된 자리가 없습니다. 세계가 무대가 아닌 것처럼 이 무대는 세계가 아닙니다.

여기서는 개개 물건 역시 자기 시간이 없습니다. 여기서는 어떤 물건에게도 자기 시간이 없습니다. 여기서는 어떤 물건에게도 소도구 역할을 한다든지, 방해물 역할을 한다든지 하는 그런 정해진 시간이 없습니다. 여기서는 물건들이 사용되지 않습니다. 여기서는 물건들이 사용될 것 같은 그런 행위는 일어나지 않습니다. 여기서 물건들은 그저 유용할 뿐입니다.

여러분은 서 있지 않습니다. 여러분은 좌석을 이용합니다. 여러분은 앉아 있습니다. 여러분의 좌석은 유형을 이루고 있기 때문에, 여러분도 유형을 이루고 있습니다. 여기에 입석은 없습니다. 예술을 감상하는 건 서 있는 사람보다는 앉아 있는 사람에게 더 어울립니다. 그래서 여러분은 앉아 있습니다. 여러분은 앉아 있을 때 더 친절합니다. 여러분은 감수성이 더 예민해집니다. 여러분의 마음은 더 열립니다. 여러분의 마음은 더 너그러워집니다. 여러분은 앉은 자리에서 더 편안해집니다. 여러분은 더 민주적인 사람이 됩니다. 여러분은 덜 지루해집니다. 시간은 여러분에게 길게 느껴지지 않을 겁니다. 여러분은 더 많은 사건을 받아들일 수 있습니다. 여러분의 통찰력도 더 예민해질 겁니다. 여러분은 덜 산만해질 겁니다. 여러분은 오히려 주변을 잊어버릴 겁니다. 세계는 여러분 주변으로 가라앉을 겁니다. 여러분은 서로 닮습니다. 여러분은 각자의 고유한 특성을 잃게 됩니다. 여러분은 서로를 구별할 수 있는 특징을 잃게 될 것입니다. 여러분은 통일체가 됩니다. 여러분은 하나의 유형을 이룹니다. 여러분은 모두 동일해집니다. 여러분은 자의식을 상실하게 됩니다. 여러분은 관객이 됩니다.

여러분은 청중이 됩니다. 여러분은 무감각해집니다. 여러분에겐 눈과 귀만 존재하게 됩니다. 여러분은 시계 보는 것을 잊게 됩니다. 여러분은 자신을 잊게 됩니다.

서 있는 상태에서 여러분은 야유하는 사람의 역할을 더 잘할 수 있었을 겁니다. 해부학적인 면에서 볼 때 서서 외치는 것이 보다 효과적일 수 있었을 겁니다. 여러분은 양 주먹을 더 잘 쥘 수 있었을 겁니다. 여러분은 여러분의 반항 정신을 내보일 수 있었을 겁니다. 여러분은 더 자유롭게 움직일 수 있었을 겁니다. 여러분은 그렇게 교양 있게 행동하실 필요가 없었을 겁니다. 여러분은 몸의 중심을 한쪽 다리에서 다른 쪽 다리로 옮길 수도 있었을 겁니다. 여러분은 여러분의 신체를 더 잘 의식할 수도 있었을 겁니다. 여러분의 예술 감상은 저해될 수도 있었을 겁니다. 여러분은 앉아 있을 때처럼 유형을 이루지 않을 수도 있었을 겁니다. 여러분은 응시하는 걸 잊을 수도 있었을 겁니다. 여러분은 공간 감각을 상실할 수도 있었을 겁니다. 여러분은 곁에 있는 사람의 체취를 더 많이 맡을 수도 있었을 겁니다. 여러분은 몸을 부딪치면서 만장일치를 나타낼 수도 있었을 겁니다. 서 있는 상태에서는 신체의 관성이 여러분의 걸음걸이를 방해할 수 없었을 겁니다. 여러분은 서 있는 상태에서 더 개인적일 수 있었을 겁니다. 여러분은 극장에 대해 보다 확고한 생각을 가졌을 겁니다. 여러분은 환상에 덜 빠져들기도 했을 겁니다. 여러분은 환상에 더 빠져들기도 했을 겁니다. 여러분은 정리가 안 된 산만한 생각 때문에 더욱 괴로워도 했을 겁니다. 여러분은 더욱더 방관자 입장이 되었을 겁니다. 여러분은 자신을 실제만큼 충분히 표현할 수도 있었을 겁니다. 여러분은 무대에서 진행되는 사건을 실제보다는 아주 다르게 상상할 수도 있었을 겁니다. 여기 무대 위 진행은 여러분에게 보다 덜 현실적일 수도 있었을 겁니다. 여러분은 예를 들어 서 있는 상태에서 무대 위에서 상연된 죽음을 실제 죽음보다 더 잘 상상할 수는 없었을 겁니다. 여러분의 몸은 덜 굳어 있었을 겁니다. 여러분은 구속감을 덜 느꼈을 겁니다. 여러분은 무관심할 수 없었을 겁니다. 여러분은 단순한 구경꾼으로서 만족하지는 않았을 겁니다. 여러분은 마음의 갈등을 겪었을 겁니다. 여러분은 동시에 두 곳에 있다는 생각을 할 수도 있었을 겁니다. 여러분은 두 시간대에 존재할 수도 있었을 겁니다.

우리는 여러분의 기분을 달아오르게 하고 싶지는 않습니다. 우리는 여러분에게 감정의 자백을 전염시키고 싶지는 않습니다. 우리는 감정을 연기하지 않습니다. 우리는 감정을 구체화하지 않습니다. 우리는 웃지도 않고 울지도 않습니다. 우리는 여러분에게 웃음을 통해 웃음을, 웃음을 통해 울음을, 울음을 통해 웃음을, 울음을 통해 울음을 전염시키고 싶지는 않습니다. 웃음이 울음보다 전염성이 강하지만, 우리는 여러분에게 웃음을 통해 웃음을 전염시키고 싶지는 않습니다. 그런 노력은 하지 않습니다. 우리는 연기하지 않습니다. 우리는 아무것도 연기하지 않습니다. 우리는 모호하게 변조하지도 않습니다. 우리는 몸짓으로 연기하지 않습니다. 우리는 오직 언어로만 표현합니다. 우리는 단지 말할 뿐입니다. 우리는 표현할 뿐입니다. 우리는 우리 자신을 표현하는 게 아니라 작가의 생각을 표현할 뿐입니다. 우리는 말로써 표현합니다. 우리 말은 곧 우리 행동입니다. 우리 말은 곧 연극이 됩니다. 우리가 무대에서 말하기 때문에 우리가 곧 연극입니다. 쉬지 않고 여러분에게 말하면서, 그리고 여러분에게 지금 그리고 지금 그리고 지금이라고 시간에 관해 말하면서, 우리는 시간과 장소와 행위의 일치에 신경을 쓰고 있습니다. 이 일치를 그러나 우리는 여기 무대에서만 신경 쓰는 것은 아닙니다. 무대가 독립적인 세계가 아니기 때문에 우리는 아래쪽에 있는 여러분에게서도 일치를 신경 씁니다. 우리가 쉬지 않고 여러분에게 말하는 동안 우리와 여러분은 통일체를 이룹니다. 여러분이라고 말하는 대신 우리는 특별한 조건에 따라 우리라고 말할 수도 있을 것입니다. 이것은 행위의 일치를 의미합니다. 여기 위쪽 무대와 아래쪽 객석은 더 이상 두 세계로 나누어지지 않고, 통일체를 이룹니다. 어떤 경계선도 없습니다. 이곳엔 두 장소가 존재하지 않습니다. 이곳엔 오직 한 장소만 있을 뿐입니다. 이것은 장소의 통일을 의미합니다. 여러분의 시간, 즉 관객과 청중의 시간은 우리들의 시간, 즉 말하는 사람의 시간과 통일체를 이룹니다. 여러분의 시간 외에는 어떠한 시간도 없기 때문에 통일체를 이룹니다. 여기에는 무대 위 시간과 공연 시간이라는 두 시간이 존재하지 않습니다. 여기에서 시간은 공연되지 않습니다. 여기엔 오직 실제 시간만이 존재할 뿐입니다.

여기에는 단지 우리가, 즉 우리와 여러분이 체험할 수 있는 그런 시간만이 존재할 뿐입니다. 여기에는 단지 한 가지 시간만이 존재할 뿐입니다. 이것은 시간의 일치를 의미합니다. 이미 언급된 세 상황을 합하여 시간과 장소와 행위의 일치라고 말할 수 있습니다. 이 작품은 그러니까 고전입니다.

우리가 여러분에게 말하기 때문에 여러분은 자신을 의식할 수 있습니다. 우리가 여러분에게 말을 걸기 때문에 여러분은 자의식을 가질 수 있습니다. 여러분은 앉아 있다는 걸 의식할 것입니다. 여러분은 어느 극장에 앉아 있다는 걸 의식할 것입니다. 여러분은 여러분의 손발을 의식할 것입니다. 여러분은 손발의 위치를 의식할 것입니다. 여러분은 손가락을 의식할 것입니다. 여러분은 혀를 의식할 것입니다. 여러분은 목을 의식할 것입니다. 여러분은 머리의 무게를 의식할 것입니다. 여러분은 성기(性器)를 의식할 것입니다. 여러분은 눈꺼풀이 꿈틀대는 것을 의식할 것입니다. 여러분은 침 삼키는 걸 의식할 것입니다. 여러분은 침 넘어가는 소리를 의식할 것입니다. 여러분은 심장 고동을 의식할 것입니다. 여러분은 눈썹이 올라가는 걸 의식할 것입니다. 여러분은 두피가 따끔거리는 걸 의식할 것입니다. 여러분은 가려움을 의식할 것입니다. 여러분은 겨드랑이에 땀이 번지는 걸 의식할 것입니다. 여러분은 손에 땀이 나는 걸 의식할 것입니다. 여러분은 손바닥이 건조해지는 걸 의식할 것입니다. 여러분은 호흡을 들이마시고 내쉬면서 입과 코를 의식할 것입니다. 여러분은 우리 말이 여러분

귓속으로 들어가는 걸 의식할 것입니다. 여러분은 침착해질 것입니다.

속눈썹을 움찔거리지 말아 보십시오. 침을 삼키지 말아 보십시오. 혀를 더 이상 움직이지 말아 보십시오. 더 이상 아무것도 듣지 말아 보십시오. 아무런 냄새도 맡지 말아 보십시오. 침을 삼키려고 모으지 말아 보십시오. 더 이상 땀을 흘리지 말아 보십시오. 자리에서 더 이상 움직이지 말아 보십시오. 더 이상 숨도 쉬지 말아 보십시오.

그래도 여러분은 숨을 쉬는군요. 그래도 여러분은 침을 모으는군요. 그래도 여러분은 귀를 기울이는군요. 그래도 여러분은 냄새를 맡는군요. 그래도 여러분은 침을 삼키는군요. 그래도 여러분은 속눈썹을 움찔거리는군요. 그래도 여러분은 움직이는군요. 그래도 여러분은 땀을 흘리는군요. 그래도 여러분의 자의식은 대단하군요.

눈을 깜박이지 마십시오. 침을 모으지 마십시오. 속눈썹을 움찔거리지 마십시오. 숨을 들이마시지 마십시오. 숨을 내쉬지 마십시오. 좌석에서 더 이상 움직이지 마십시오. 우리들의 말을 듣지 마십시오. 냄새를 맡지 마십시오. 침을 삼키지 마십시오. 호흡을 멈추십시오.

침을 삼키십시오. 침을 모으십시오. 눈을 깜박이십시오. 귀 기울여 들으십시오. 숨을 쉬십시오.

여러분은 지금 여러분의 현재를 의식하고 있습니다. 여러분은 여기서 보내는 이 시간이 바로 여러분의 시간임을 의식하고 있습니다. 여러분 스스로가 주제입니다. 여러분 자신이 문제를 만듭니다. 여러분 자신이 문제를 해결합니다. 여러분은 중심인물입니다. 여러분은 결정적인 계기입니다. 여러분은 결정적인 원인입니다. 여러분은 연기(演技)를 하게 하는 결정적인 동기입니다. 여러분은 여기서 단어 역할을 합니다. 여러분은 우리의 선도자기도 하고 상대자기도 합니다. 여러분은 젊은 희극 배우 역을 하는 배우들입니다. 여러분은 젊은 연인들 역을 하는 배우들입니다. 여러분은 순진한 사람들 역을 하는 배우들입니다. 여러분은 감상적인 사람들 역을 하는 배우들입니다. 여러분은 귀부인 역을 하는 배우들입니다. 여러분은 성격 배우들입니다. 여러분은 플레이보이들이고 동시에 영웅들입니다. 여러분은 영웅들이고 동시에 악한들입니다. 여러분은 이 작품의 악한들이고 동시에 영웅들입니다.

여러분은 여기 오기 전에 몇 가지 주의 사항을 생각하셨을 겁니다. 여러분은 몇 가지 선입관을 품고 오셨을 겁니다. 여러분은 극장으로 오신 겁니다. 여러분은 극장에 오려고 준비도 하셨습니다. 여러분은 어느 정도 기대하셨습니다. 여러분은 늦을까 봐 서두르셨습니다. 여러분은 뭔가를 상상하셨습니다. 여러분은 뭔가를 예상했습니다. 여러분은 이곳에 오기 위해 마음의 준비를 했습니다. 여러분은 좌석 잡는 일, 그 좌석에 앉는 일, 그 좌석에서 연극 보는 일을 예상했습니다. 여러분은 이 작품에 대해 아마 이야길 들으셨을 겁니다. 여러분은 그러니까 몇 가지 주의 사항을 생각했고, 그에 대한 대비를 했을 겁니다. 여러분은 연극 소품이 등장하리라 기대했을 것입니다. 여러분은 앉아서 무엇인가가 제공되는 걸 바라볼 준비를 했을 겁니다.

그러나 여러분의 호흡은 아직 우리들의 호흡과 달랐습니다. 여러분은 각기 다른 옷차림이었습니다. 여러분은 각기 다른 방식으로 움직였습니다. 여러분은 여러 방향에서 이곳으로 오셨습니다. 여러분은 대중교통을 이용하셨습니다. 여러분은 걸어서도 오셨습니다. 여러분은 승용차를 타고도 오셨습니다. 여러분은 오시기 전에 시계를 보셨습니다. 여러분은 전화를 기다렸고, 여러분은 전화기를 들었고, 여러분은 전등을 켰고, 여러분은 전등을 껐고, 여러분은 문들을 닫았고, 여러분은 열쇠를 돌렸고, 여러분은 밖으로 나왔습니다. 여러분은 걸어왔습니다. 여러분은 팔을 앞뒤로 흔들며 걸어왔습니다. 여러분은 걸어왔습니다. 여러분은 여러 방향에서 모두가 한 방향으로 오셨습니다. 여러분은 방향 감각에 따라 이곳으로 왔습니다.

여러분은 다른 장소로 가고 있는 사람들과 자신들을 의도적으로 구별했습니다. 여러분은 이곳으로 오고 있는 사람들과는 의도적으로 일체감을 느꼈습니다. 여러분의 목적은 같았습니다. 여러분은 일정 시간 동안 다른 사람들과 공동의 미래를 앞두고 있었습니다.

여러분은 도로를 횡단했습니다. 여러분은 양옆을 살폈습니다. 여러분은 교통 표지를 주의해서 보았습니다. 여러분은 다른 사람에게 인사도 했습니다. 여러분은 잠시 서 있기도 했습니다. 여러분은 여러분의 목적을 설명도 했습니다. 여러분은 기대하는 것에 대한 이야기도 했습니다. 여러분은 공연 작품에 대한 여러 의견도 이야기했습니다. 여러분은 공연 작품에 대한 의견을 다른 사람이 말하는 것을 듣기도 했습니다. 여러분은 악수도 했습니다. 여러분은 많이 즐기시라고 인사도 했습니다. 여러분은 구두도 닦았습니다. 여러분은 문을 열기도 했습니다. 여러분은 남을 위해 문을 열어 주기도 했습니다. 여러분은 다른 관객들과 마주치기도 했습니다. 여러분은 자신을 그들과 공범자로 느꼈습니다. 여러분은 예의를 지켰습니다. 여러분은 코트 벗는 걸 도와주기도 했습니다. 여러분 자신이 코트 벗는 걸 다른 사람이 도와주기도 했습니다. 여러분은 서성거리기도 했습니다. 여러분은 돌아다니기도 했습니다. 여러분은 벨 소리를 들었습니다. 여러분은 서둘렀습니다. 여러분은 거울을 들여다보았습니다. 여러분은 옷차림을 다시 가다듬었습니다. 여러분은 옆을 바라보기도 했습니다. 여러분은 옆 사람 시선을 느끼기도 했습니다. 여러분은 걸어갔습니다. 여러분은 점잖게 걸어갔습니다. 여러분은 보다 예절 바르게 움직였습니다. 여러분은 벨 소리를 들었습니다. 여러분은 시계를 보았습니다. 여러분은 공모자들이 되었습니다. 여러분은 객석에 앉았습니다. 여러분은 주위를 둘러보았습니다. 여러분은 몸을 똑바로 했습니다. 여러분은 벨 소리를 들었습니다. 여러분은 잡담을 멈추었습니다. 여러분은 시선을 집중했습니다. 여러분은 얼굴을 치켜들었습니다. 여러분은 숨을 쉬었습니다. 여러분은 조명이 꺼지는 걸 보았습니다. 여러분은 침묵하고 있었습니다. 여러분은 문이 닫히는 소리를 들었습니다. 여러분은 막을 바라보고 있었습니다. 여러분은 기다리고 있었습니다. 여러분의 몸은 굳어 있었습니다. 여러분은 꼼짝하지 않고 앉아 있었습니다. 그 대신 막이 움직이기 시작했습니다. 여러분은 막이 끌리는 소리를 들었습니다. 막이 열리자 여러분은 자유롭게 무대를 바라볼 수 있었습니다. 모든 것이 언제나처럼 똑같았습니다. 여러분의 기대는 실망으로 보답받지 않았습니다. 여러분은 이미 준비가 되어 있었습니다. 여러분은 좌석에 등을 기대고 앉아 있었습니다. 이제 공연은 시작될 수 있었습니다.

여러분은 다른 때에도 준비를 하고 있었습니다. 여러분은 이런 일에 익숙했습니다. 여러분은 좌석에 등을 기대고 앉아 있었습니다. 여러분은 이해하고 있었습니다. 여러분은 사건에 주의를 기울이고 있었습니다. 여러분은 사건을 주의 깊게 관찰하고 있었습니다. 여러분은 사건을 일어나는 대로 관찰하고 있었습니다. 여러분은 여기 무대 위에서 이전에 이미 일어났었던 어떤 사건을 관찰하고 있었습니다. 여러분은 독백과 대화를 통해 현재처럼 보이는 과거를 바라보고 있었습니다. 여러분은 완벽한 사건을 상상할 수 있었습니다. 여러분은 그 사건에 사로잡힐 수 있었습니다. 여러분은 그 매력에 사로잡힐 수 있었습니다. 그래서 여러분은 자신이 어디에 있는지 잊으셨습니다. 여러분은 시간도 잊으셨습니다. 여러분은 긴장해서 꼼짝도 하지 않았습니다. 여러분은 움직이지 않았습니다. 여러분은 행동하지 않았습니다. 여러분은 더 잘 보기 위해 앞으로 나오지도 않았습니다. 여러분은 자연스러운 주변 일에는 시선을 돌리지 않았습니다. 여러분은 여러분이 바라보기 전부터 이미 켜져 있는 불빛과 무대를 바라보고 있었습니다. 여러분은 생명 없는 공간을 바라보고 있었습니다. 여러분은 생명 없는 장소를 바라보고 있었습니다. 여러분은 사라져 버린 시간을 경험하고 있었습니다. 여러분은 생명 없는 언어를 듣고 있었습니다. 여러분 스스로도 생명 없는 공간과 사라져 버린 시간 속에 있었던 것입니다. 적막이 감돌았습니다. 바람 한 점 없었습니다. 여러분은 움직이지 않았습니다. 여러분은 꼼짝하지 않고 무대를 응시했습니다. 여러분과 우리 사이 거리는 한없이 멀었습니다. 우리는 여러분과 한없이 먼 거리에 있었습니다. 우리는 여러분과 무한히 먼 거리에서 움직였습니다. 우리는 여러분 앞에서 무한한 생명을 지니고 있었습니다. 우리는 이 무대 위에서 어느 시간에나 살 수 있는 존재들이었습니다. 여러분의 시선과 우리의 시선은 무한에서 만났을 것입니다. 우리 사이엔 무한한 공간이 자리 잡고 있었습니다. 우리는 연기했습니다. 그러나 여러분과 함께 연기했던 것은 아닙니다. 여러분의 세계는 이곳에서 항상 뒤따라오는 세계였습니다.

이곳에서 연극이 공연되었습니다. 이곳에서 의미 있는 세계가 공연되었습니다. 이곳에서 무의미한 것이 의미를 띠고 공연되었습니다. 이곳에서 연극 작품들에는 배경과 기본 무대가 있었습니다. 그것들에는 숨겨진 의미가 있었습니다. 그것들 자신의 모습이 전부는 아니었습니다. 눈에 보이는 그런 모습만이 전부는 아니었습니다. 그것들 뒤에는 무엇인가가 있었습니다. 사건과 행동이 있는 것처럼 보였지만 사실은 없었습니다. 그것들은 보이는 그대로인 것 같았지만 사실은 달랐습니다. 그것들은 순수한 연극에서처럼 자신의 실제를 보인 게 아니었습니다. 그것들은 현실처럼 보인 것뿐입니다. 여기서 연극들은 오락이 아니었거나, 혹은 오락만은 아니었습니다. 그것들은 의미 자체였습니다. 그것들은 비현실적인 시간이 흐르는 순수한 연극에서처럼 시간을 초월했던 게 아닙니다. 겉보기에는 별 의미가 없었던 많은 연극들에는 사실은 숨은 의미가 있었습니다. 익살꾼의 익살마저도 이 무대 위에서는 깊은 의미를 내포하고 있었습니다. 항상 어떤 저의가 있었습니다. 대화나 몸짓, 소도구 사이엔 항상 어떤 저의가 있었고, 그것은 여러분에게 뭔가 의미를 표현하려고 애썼습니다. 항상 연극들은 어떤 애매한 의미나 불확실한 의미를 내포하고 있었습니다. 항상 무엇인가가 이곳 무대에서 일어났습니다. 여러분들이 사실로 생각해야 할 무엇인가가 연극에서 늘 일어나고 있었습니다. 항상 사건들이 일어나고 있었습니다. 실제가 아닌 연기(演技)된 시간이 흘러갔습니다. 여러분이 보았고 들었던 것은, 여러분이 보았고 들었던 것에 그쳐서는 안 됐습니다. 오히려 여러분이 보지 못했고 듣지 못했던 것이 있어야 했습니다. 모든 것에는 의미가 있었습니다. 모든 것에는 표현력이 있었습니다. 연극에서 일어나는 일은 무엇인가를 표현해야 했기 때문에, 아무것도 표현하지 않았다고 주장하는 것도 무엇인가를 표현하고 있었습니다. 공연되는 모든 것은 무엇인가 사실적인 것을 표현하고 있었습니다. 그것은 연극 자체보다는 현실을 위해서 상연되었습니다. 여러분은 연극 뒤에 있는 연기된 현실을 발견해야만 했습니다. 여러분은 무엇인가를 듣고 발견해야만 했습니다. 연극이 상연되었던 것이 아니라 현실이 상연되었던 것입니다. 시간이 상연되었던 것입니다. 시간이 상연되었기 때문에 현실이 상연되었던 것입니다. 무대는 법정을 상연했습니다. 무대는 투기장을 상연했습니다. 무대는 도덕적 교육을 상연했습니다. 무대는 꿈을 상연했습니다. 무대는 제례(祭禮) 행위를 상연했습니다. 무대는 여러분을 위한 거울을 상연했습니다. 연극은 연극 이상의 역할을 했습니다. 연극은 현실을 의미했습니다. 연극의 현실은 순수한 현실일 수 없습니다. 연극은 의미를 암시했습니다. 시간이 연극에서 제거되는 대신 비현실적인 가상의 시간이 진행되었습니다. 가상의 시간과 함께 가상의 현실이 진행되었습니다. 실제 현실은 그곳에 없었고, 단지 여러분에게 암시되고 그저 연기될 뿐이었습니다. 여기서는 현실도 연극도 연기되지 않았습니다. 순수한 연극이 상연되었더라면 사람들은 시간을 신경 쓰지도 않았을 것입니다. 순수한 연극에서는 시간이 의식되지 않습니다. 그러나 현실이 상연되었기 때문에 현실의 시간 역시 상연되었습니다. 만약 순수한 연극이 상연되었더라면 여기서는 오직 관객의 시간만이 존재했을 것입니다. 그러나 여기서 현실은 연극 속 현실이었기 때문에 이곳엔 항상 두 가지 시간이 있었는데, 바로 관객의 시간인 여러분의 시간과 겉보기에만 실제 시간으로 상연되는 가상의 시간입니다. 그러나 시간은 재생될 수 없습니다. 어떤 연극에서도 시간은 반복될 수 없습니다. 시간은 만회될 수 없습니다. 시간은 불가항력적입니다. 시간은 상연될 수 없습니다. 시간은 현실입니다. 현실인 시간은 연기될 수 없습니다. 시간은 연기될 수 없기 때문에 현실 역시 연기될 수 없습니다. 시간을 제거한 연극만이 연극입니다. 시간이 함께 상연되는 연극은 연극이 아닙니다. 시간과 무관한 연극만이 의미를 지니지 않습니다. 시간과 무관한 연극만이 스스로 만족할 만한 연극입니다. 시간과 무관한 연극만이 시간을 연기할 필요가 없습니다. 시간과 무관한 연극에서만이 시간이 무의미합니다. 모든 다른 연극들은 순수하지 못한 연극들입니다. 단지 시간이 존재하지 않는 연극들이 있거나 혹은 그 안의 시간이 현실적인 시간인 연극들, 즉 마치 축구 경기에서 구십 분이 관중과 선수 들에게 똑같은 시간인 것처럼 연기자의 시간이 바로 관객의 시간인 연극들이 있습니다. 모든 다른 연극들은 잘못된 연극들입니다. 모든 다른 연극들은 여러분에게 거짓 사실들을 연기해 보입니다. 시간과 무관한 연극에서는 어떤 사실도 연기되지 않습니다.

우리는 여러분에게 막간극을 보여 드릴 수 있습니다. 우리는 이 말을 하는 순간, 여러분이 침을 삼키는 순간, 여러분이 눈꺼풀을 실룩이는 순간 이 공간 밖에서 일어나는 사건들을 여러분에게 보여 드릴 수 있습니다. 우리는 통계 도표를 보여 줄 수도 있습니다. 우리는 여러분이 여기 있는 동안 다른 곳에서 통계에 따라 일어나는 일을 연기할 수도 있습니다. 우리는 연기하면서 여러분에게 그 사건을 눈앞에 보듯 생생하게 그려 낼 수 있습니다. 우리는 그것을 여러분에게 알기 쉽게 설명할 수 있습니다. 우리는 지나가 버린 일은 어떠한 것도 연기할 필요가 없습니다. 우리는 순수한 연극만을 상연할 수 있습니다. 우리는 예를 들면 통계에 따라 지금 현재 진행되고 있는 어떤 죽음의 과정을 연기할 수도 있습니다. 우리는 비장한 심정이 될 수도 있습니다. 우리는 죽음을 우리가 늘 말하는 시간의 비장함으로 설명할 수도 있습니다. 죽음이란 여러분이 여기 이곳에 앉아 보내는 현실적인 시간의 비장함이라고 할 수도 있습니다. 이러한 막간극은 연극 작품을 극적인 클라이맥스로 올리는 데 도움이 될 수도 있을 것입니다.

그러나 우리는 여러분에게 아무것도 보여 드리지 않습니다. 우리는 아무것도 흉내 내지 않습니다. 비록 통계적으로 입증되었다 하더라도 우리는 어떤 다른 인물이나 사건을 묘사하지 않습니다. 우리는 표정이나 몸짓으로 연극하지 않습니다. 극적 행위를 하는 인물, 즉 배우는 없습니다. 극적 행위는 자유롭게 창작될 수가 없습니다. 극적 행위가 존재하지 않기 때문입니다. 극적 행위란 존재하지 않기 때문에 우연도 역시 존재하지 않습니다. 무대 위에서 아직 살아 있거나 혹은 막 죽어 가거나 혹은 이미 죽은 인물과 우리 사이에서 유사성을 보는 것은 우연(偶然)이 아니라 아예 불가능합니다. 우리는 아무것도 묘사하지 않으며, 우리는 우리 자신일 뿐입니다. 우리는 우리 자신을 연기해 본 적이 없습니다. 우리는 말만 합니다. 여기서는 창작되는 것이 아무것도 없습니다. 아무것도 모방되는 것이 없습니다. 사실적인 것은 아무것도 없습니다. 여러분의 환상에 맡겨진 건 아무것도 없습니다.

우리는 연기하지 않고 또 연기하면서 행동하는 게 아니기 때문에 이 연극의 반은 희극이고, 반은 비극입니다. 우리는 오직 말만 하고 시간을 벗어나지 못하기 때문에 우리는 여러분에게 아무것도 생생하게 묘사할 수 없고 또 아무것도 보여 줄 수가 없습니다. 우리는 아무것도 설명하지 않습니다. 우리는 과거에서 아무것도 얻을 수 없습니다. 우리는 우리를 과거로 다루지는 않습니다. 우리는 우리를 현재로 다루지는 않습니다. 우리는 미래를 앞당기지 않습니다. 우리는 시간의 현재 속에서 또 과거 속에서 또 미래 속에서 말합니다.

그래서 우리는 예를 들어 지금 현재 통계에 따라 일어나고 있는 죽음을 상연할 수 없습니다. 우리는 지금 현재 일어나고 있는 삶을 위한 투쟁을, 도취나 추락을, 긴장을, 번득이며 드러난 치아를, 최후의 말들을, 통계적으로 순간순간 내쉬는 한 숨을, 마지막 내쉬는 숨결을, 지금 일어나고 있는 마지막 사정(射精)을, 통계적으로 지금 현재 가쁘게 내쉬고 있는 호흡을, 그리고 지금, 그리고 지금, 그리고 지금, 그리고 즉시, 부동 상태를, 통계적으로 감지할 수 있는 경직 상태를, 완전히 침묵하며 누워 있는 상태를 상연할 수 없습니다. 우리는 재현할 수 없습니다. 우리는 그저 말만 할 수 있을 뿐입니다. 우리는 지금 말만 할 수 있을 뿐입니다.

우리는 말만 하기 때문에 그리고 허구적인 것은 말하지 않기 때문에, 우리는 확실치 않거나 모호할 수 없습니다. 우리는 아무것도 연기하지 않기 때문에, 이곳에 두 차원 혹은 여러 차원은 존재할 수 없고 연극 속 연극도 있을 수 없습니다. 우리는 어떤 몸짓도 하지 않고, 어떤 이야기도 하지 않고, 아무런 연기도 하지 않기 때문에, 우리는 문학적일 수 없습니다. 우리는 여러분에게 단지 말만 하기 때문에, 우리는 문학이 지닌 다양한 의미를 상실할 수밖에 없습니다. 우리는 예를 들어 이미 언급한 죽음의 표정과 몸짓으로 지금 현재 통계적으로 일어나고 있는 성교의 몸짓과 표정을 동시에 보여 줄 수는 없습니다. 우리는 이중 의미를 지닐 수가 없습니다. 우리는 이중 의미를 지닌 채 연기할 수 없습니다. 우리는 자신을 세상에서 떼어 낼 수 없습니다. 우리는 문학적일 필요가 없습니다. 우리는 여러분에게 최면을 걸 필요가 없습니다. 우리는 여러분에게 허상을 보여 주며 믿게 할 필요가 없습니다. 우리는 거짓 싸움을 할 필요가 없습니다. 우리는 두 번째 자연을 필요로 하지 않습니다. 연극을 보는 것은 최면이 아닙니다. 여러분은 아무것도 상상할 필요가 없습니다. 여러분은 눈을 뜬 채 꿈꿀 필요는 없습니다. 여러분은 꿈의 비논리로 무대의 논리를 대하도록 강요받지도 않습니다. 무한히 펼쳐질 수 있는 여러분의 꿈은 좁은 무대 위에서 제한받을 필요가 없습니다. 부조리한 여러분의 꿈은 무대의 현실적인 규칙에 따를 필요가 없습니다. 그래서 우리는 꿈도 현실도 상연하지 않습니다. 우리는 삶에 대해서도 죽음에 대해서도, 사회에 대해서도 개인에 대해서도, 자연에 대해서도 초자연에 대해서도, 쾌락에 대해서도 고통에 대해서도, 현실에 대해서도 연극에 대해서도 불평하지 않습니다. 시간은 우리에게서 어떤 비가(悲歌)도 불러내지 못합니다.

이 작품은 일종의 머리말입니다. 다른 작품에 대한 머리말이 아니라 여러분이 과거에 했던 것과, 지금 하고 있는 것, 그리고 앞으로 할 것에 관한 머리말입니다. 여러분은 주제입니다. 이 작품은 주제에 대한 머리말입니다. 여러분의 관습과 도덕에 관한 머리말입니다. 여러분의 행위에 대한 머리말입니다. 여러분의 무위(無爲)에 대한 머리말입니다. 여러분이 누워 있는 것, 앉아 있는 것, 서 있는 것, 걸어가는 것에 대한 머리말입니다. 이것은 삶의 진지함과 유희적인 면에 대한 머리말입니다. 여러분이 앞으로 할 연극 관람에 대한 머리말이기도 합니다. 또한 다른 모든 머리말들을 위한 머리말이기도 합니다. 이 작품은 세계극입니다.

여러분은 곧 움직이게 될 것입니다. 여러분은 여러 생각을 하게 될 것입니다. 여러분은 손뼉을 쳐야겠다고 생각할 것입니다. 여러분이 처음에 손뼉을 칠 생각이라면, 여러분은 한 손을 들어 다른 손을 칠 것입니다. 다시 말해 한쪽 손바닥으로 다른 쪽 손바닥을 칠 것이고, 이 행위를 연거푸 반복할 것입니다. 그러면서 여러분은 손뼉을 치는 자신의 손과 치지 않는 자신의 손을 바라볼 수 있습니다. 여러분은 여러분 자신이 손뼉 치는 소리와 옆에서 손뼉 치는 소리를 들을 것이며, 옆에서 또 앞에서 철썩 소리를 내며 위아래로 부딪치는 손들을 보거나, 혹은 여러분이 기대했던 손뼉 소리를 듣지 못하고 위아래로 부딪치는 손들을 못 볼 수도 있을 것입니다. 그 대신 아마 다른 소리를 듣게 되고 또 스스로 다른 소리를 내기도 할 것입니다. 여러분은 일어날 준비를 할 것입니다. 여러분이 앉아 있던 의자가 뒤로 젖는 소리를 듣게 될 것입니다. 여러분은 우리들이 인사하는 걸 보게 될 것입니다. 여러분은 막이 이동하는 걸 볼 것입니다. 여러분은 이 과정에서 막이 움직이는 소리를 들을 수 있을 것입니다. 여러분은 프로그램을 주머니에 꽂아 넣을 것입니다. 여러분은 눈짓을 교환할 것입니다. 여러분은 말을 주고받을 것입니다. 여러분은 움직이기 시작할 것입니다. 여러분은 의견을 말할 수도 있고 또 의견을 들을 수도 있을 것입니다. 여러분은 의견을 숨기기도 할 것입니다. 여러분은 말하면서 웃기도 할 것입니다. 여러분은 아무 말도 하지 않으면서 웃기도 할 것입니다. 여러분은 질서 있게 출구 쪽으로 밀고 나갈 것입니다. 여러분은 옷 보관소에 맡긴 옷의 보관증을 내보일 것입니다. 여러분은 옷 보관소 주위에 서 있게 될 것입니다. 여러분은 거울 속에서 자신의 모습을 보게 될 것입니다. 여러분은 서로 외투 입는 걸 도와줄 것입니다. 여러분은 서로 문을 열어 줄 것입니다. 여러분은 인사하며 헤어질 것입니다. 여러분은 동행하기도 할 것입니다. 여러분은 동행되기도 할 것입니다. 여러분은 밖으로 나오게 될 것입니다. 여러분은 일상생활로 되돌아갈 것입니다. 여러분은 여러 방향으로 흩어질 것입니다. 여러분이 함께 머무르는 경우, 여러분은 연극 동호회를 이루게 될 것입니다. 여러분은 술집을 찾아갈 것입니다. 여러분은 내일을 생각하게 될 것입니다. 여러분은 점차 현실 세계로 돌아오게 될 것입니다. 여러분은 현실을 다시 거칠다고 말할 것입니다. 여러분은 냉정해질 것입니다. 여러분은 다시 자신의 생활을 하게 될 것입니다. 그리되면 여러분은 더 이상 연극에 몰두했던 통일체가 아닙니다. 여러분은 한 장소에서 여러 다른 장소들로 흩어질 겁니다.

그러나 그러기 전에 여러분은 좀 더 욕설을 들을 겁니다.

욕설도 여러분과 말하는 방법 중 하나기 때문에 여러분은 욕설을 듣게 될 것입니다. 욕설을 하면서 우리는 좀 더 가까워질 수 있을 것입니다. 우리는 어떤 매개체를 거치지 않고도 가까워질 수 있을 것입니다. 우리는 연극 무대를 파괴할 수도 있습니다. 우리는 보이지 않는 벽도 허물 수 있습니다. 우리는 여러분을 주의 깊게 관찰할 수 있습니다.

우리가 여러분에게 욕설을 하게 되면, 여러분은 우리가 한 말을 그냥 흘려듣지는 못하고 주의 깊게 경청하게 될 것입니다. 그러면 여러분과 우리 사이 거리는 더 이상 멀게 느껴지지 않을 것입니다. 여러분이 욕설을 듣게 되면, 여러분의 몸은 부동자세로 경직될 것입니다. 그러나 우리는 여러분을 욕하는 게 아니고, 여러분이 하는 욕을 할 것입니다. 우리는 이 욕들에 동의하지는 않을 것입니다. 우리는 어느 누구를 가리켜 욕하지 않을 것입니다. 우리는 다만 청각적 이미지를 만들 뿐입니다. 여러분은 당황할 필요가 없습니다. 여러분은 사전에 주의를 받았으니까, 욕설을 들어도 감당할 수 있을 것입니다. '너'라는 단어 자체가 이미 욕설을 구성하기 때문에, 우리는 앞으로 쉬지 않고 '너'라고 말할 것입니다. 너희들이 우리 욕설의 주제입니다. 너희들은 우리가 하는 말을 경청하게 될 것입니다. 너희들, 눈딱부리들아.

너희들은 불가능한 걸 가능하도록 했다. 너희들은 이 연극의 주인공들이었다. 너희들은 움직이지 않고 굳어 있었다. 너희들은 자신의 모습을 마치 조각처럼 만들어 보이고 있었다. 너희들은 잊을 수 없는 장면들을 제공했다. 너희들은 인물들을 연기하지 않았고 스스로가 그 인물들 자체였다. 너희들은 하나의 사건이었다. 너희들은 오늘 저녁이 발견한 대상이었다. 너희들은 너희들의 역할을 살아왔다. 너희들은 성공에 큰 몫을 했다. 너희들은 이 작품을 살렸다. 너희들은 볼 만한 가치가 있었다. 모두가 너희들을 봤어야 하는데, 콧물을 훌쩍이는 너희들을.

너희들은 항상 거기에 앉아 있었다. 이 연극에서 너희들의 성실한 노력은 아무런 도움이 되지 못했다. 너희들은 다만 제목을 제시해 준 자에 불과했다. 너희들의 위대함은 생략을 통해 이루어졌다. 너희들은 이 모든 사실을 침묵으로 대변했구나, 허풍쟁이들아.

너희들은 순수한 연기자들이었다. 너희들은 장래가 촉망되었다. 너희들의 삶은 생동감으로 넘쳤다. 너희들은 현실 속에서 있는 자들이었다. 너희들은 모든 걸 너희들의 영역으로 끌어들였다. 너희들은 능력 면에서 모든 걸 능가했다. 너희들은 수준 높은 연극 문화를 만들어 냈다. 교활하고 왜소한 게르만 종자들아, 뻔뻔스러운 작자들아.

너희들의 입에서는 어떤 허튼소리도 나오지 않았다. 너희들은 언제든지 무대 장면을 통제했다. 너희들의 연극은 매우 고상했다. 너희들의 얼굴에는 독특한 매력이 있었다. 너희들은 폭발력을 지닌 존재였다. 너희들은 이상을 품은 존재였다.

너희들은 흉내 낼 수 없는 존재였다. 너희들의 얼굴을 잊을 수 없었다. 너희들의 희극은 포복절도할 정도로 웃겼고, 너희들의 비극에는 고전적인 위대함이 깃들어 있었다. 너희들은 양쪽을 마음껏 이용했다. 헐뜯기 대가들아, 쓸모없는 건달들아, 줏대 없는 꼭두각시들아, 사회의 찌꺼기들아.

너희들은 모두가 똑같은 모습이었다. 너희들에게 오늘은 좋은 하루였다. 너희들은 서로 훌륭하게 연기했다. 너희들은 삶의 이야길 듣고 배웠다. 멍청이들아, 막돼먹은 인간들아, 무신론자들아, 부도덕한 인간들아, 떠돌이 사기꾼들아, 불결한 유대 종자들아.

너희들은 우리에게 아주 새로운 앞날을 보여 줬다. 너희들은 이 작품과 잘 타협했다. 너희들은 전보다 더욱 성장했다. 너희들은 자유롭게 연기했다. 너희들은 정신적으로 내면화되었다. 우글거리는 인간들아, 서양 문화의 무덤 파는 자들아, 반사회적인 인간들아, 하얗게 칠해진 무덤 같은 족속들아, 악마 일당들아, 악당 무리들아, 무방비한 사람들의 목덜미를 쏘는 사격 전문가들아.

너희들은 돈으로는 살 수 없는 인간들이었다. 너희들은 태풍이었다. 너희들은 우리 등골을 오싹하게 했다. 너희들은 모든 것을 몽땅 쓸어 가 버렸다. 강제 수용소의 범죄자들아, 부랑자들아, 황소 같은 고집불통들아, 전쟁광들아, 짐승 같은 인간들아, 공산당 떼거리들아, 인간의 모습을 한 짐승들아, 나치의 돼지들아.

너희들은 올바른 인간들이었다. 너희들은 그야말로 멋진 인간들이었다. 너희들은 우리 기대를 저버리지 않았다. 너희들은 타고난 배우들이었다. 연극을 즐기는 건 너희들의 천부적 재능이었다. 도살자들아, 정신병 환자들아, 어중이떠중이들아, 영원히 과거에 갇힌 인간들아, 대중에 영합하는 인간들아, 얼간이들아, 추잡한 인간들아, 어리석은 인간들아, 지조 없는 인간들아.

너희들은 올바른 호흡법을 인정받았다. 허풍쟁이들아, 맹목적인 애국자들아, 유대인 같은 자본가들아, 혐오스러운 상판대기들아, 어릿광대들아, 천박한 인간들아, 젖비린내 나는 인간들아, 매복한 저격수들아, 실패한 작자들아, 비굴한 작자들아, 소심한 작자들아, 가치 없는 작자들아, 싸구려 작자들아, 망나니 같은 작자들아, 아무짝에도 쓸모없는 작자들아, 살아갈 가치도 없는 작자들아, 구더기 같은 작자들아, 오락실 사격장의 허수아비들아, 생각해 볼 가치도 없는 작자들아.

너희들은 뛰어난 연기자들이다. 멍청하게 서서 구경하는 꼴통들아, 조국도 없는 불쌍한 작자들아, 사이비 혁명가들아, 찌꺼기 같은 작자들아, 자기 나라를 헐뜯는 작자들아, 내면세계로 이민 간 작자들아, 패배주의자들아, 수정주의자들아, 보복주의자들아, 군국주의자들아, 평화주의자들아, 파시스트들아, 주지주의자들아, 허무주의자들아, 개인주의자들아, 집단주의자들아, 정치적인 미성년자들아, 훼방꾼들아, 인기나 노리는 작자들아, 반민주주의자들아, 자학이나 일삼는 작자들아, 박수나 구걸하는 작자들아, 대홍수 이전에나 있었을 괴물 같은 작자들아, 돈에 팔려 박수나 치는 작자들아, 파벌이나 일삼는 작자들아, 천민들아, 돼지처럼 탐욕스러운 작자들아, 노랑이들아, 극빈자들아, 불평분자들아, 아첨꾼들아, 지적(知的)인 프롤레타리아들아, 허풍쟁이들아, 아무것도 아닌 작자들아, 쓸모없는 작자들아.

아, 암 환자들아, 아, 결핵 환자들아, 아, 복합 경화증 환자들아, 아, 매독 환자들아, 아, 심장병 환자들아, 아, 간 비대증 환자들아, 아, 수종 환자들아, 아, 뇌졸중 환자들아, 아, 죽을 이유가 충분한 자들아, 아, 자살 후보자들아, 아, 평화를 위해 언젠가는 죽어야 할 작자들아, 아, 전쟁을 위해 언젠가는 죽어야 할 작자들아, 아, 사고로 인해 언젠가는 죽어야 할 작자들아, 아, 잠재적인 사망자들아.

연극 걸작들아. 성격 배우들아. 인물 배우들아. 세계적이라고 허풍 떠는 연극인들아. 어디서나 그저 생각 없이 부화뇌동하는 인간들아. 신의 실패작들아. 영원한 애호가들아. 무신론자들아. 싸구려 보급판 같은 자들아. 판박이 그림 같은 자들아. 연극 역사의 이정표들아. 만성 흑사병 환자들아. 죽지 않는 영혼들아. 세상일에 도통 관심 없는 자들아. 세상에 개방된 작자들아. 긍정적인 주인공들아. 임신 중절한 자들아. 부정적인 주인공들아. 일상생활의 주인공들아. 학문의 권위자라고 떠드는 작자들아. 멍청한 귀족들아. 썩은 자본 계급들아. 교양 있다는 계급들아. 우리 시대를 사는 속물들아. 아무도 듣지 않는데 외치는 작자들아. 종말이나 와야 성인(聖人)이 될 자들아. 세상의 철부지들아. 가련한 몰골들아. 역사의 한 순간을 사는 작자들아. 성스럽고 속된 명예를 혼자 짊어진 체하는 자들아. 빈털터리들아. 우두머리들아. 기업가들아. 전하들아. 각하들아. 성스러운 존재들아. 영주들아. 귀족들아. 관을 쓴 군주들아. 쩨쩨한 인간들아. 이랬다저랬다 하는 인간들아. 오로지 반대만 하는 인간들아. 미래를 건축한다는 인간들아. 보다 나은 세계를 보장한다는 인간들아, 암흑가의 인간들아. 다른 사람보다 영리하다고 자부하는 인간들아. 약아빠진 인간들아. 낙천적인 인간들아. 신사 숙녀라고 자칭하는 인간들아, 그대들, 사회 문화계의 명사라는 그대들, 현존하는 그대들, 형제자매인 그대들, 친애하는 청중 여러분, 동포들이여.

여러분은 여기서 환영받으셨습니다. 감사합니다. 안녕히 가십시오.

곧 막이 내려온다. 그러나 내려와서 닫히는 것이 아니라, 관객들의 움직임과는 관계없이 즉시 다시 올라간다. 배우들은 특별히 누군가를 주시하지 않고 그냥 서 있는 자세로 관객 쪽을 바라본다. 스피커를 통해서 관객들에게 우레 같은 박수와 휘파람 소리가 울려 퍼진다. 게다가 어느 비트 밴드 콘서트에서 녹음된 열화 같은 관객 반응을 스피커로 다시 틀 수도 있다. 엄청나게 울부짖는 소리가 관객들이 나갈 때까지 계속된다. 그러고 나서야 비로소 마지막으로 막이 내려온다.

작품 해설

「관객모독」의 생성에 관해

1

페터 한트케(1942~)는 오스트리아 슈타이어마르크 주(州)에 있는 그라츠 대학교 법학과 4학년을 다니던 1965년에 첫 소설 『말벌들』을 완성했다. 그때 그의 나이는 23세였다. 출판을 위해서 그라츠의 스페인어문학자 안톤 로트바우어가 독일 주어캄프 출판사에, 그리고 그라츠 젊은 예술가들의 기관지였던 《마누스크립테》의 문학 부문 책임자 알프레트 콜레리치가 루흐트한트 출판사에 각각 추천을 통해 원고를 보내 주었다. 한트케의 원고는 루흐트한트 출판사에서는 거절되었지만, 주어캄프 출판사로부터는 그해 8월 출간 통보를 받았다. 권위 있는 출판사로부터 원고가 심사를 받고 채택되면 작가의 길이 보장되기 때문에 한트케는 자신이 원했던 꿈을 이룬 것이었다.

이 통보를 받고 가슴이 벅찼던 그는 당장에 법학 공부를 그만두고 출판사가 있는 프랑크푸르트를 찾아갔다. 그때의 상황에 대해 한트케는 1970년 《슈피겔》과의 대담에서 이렇게 말했다. "나는 아주 순진하게 내가 이제는 작가려니 하고 생각했습니다. 그러나 출판사 사람들은 나에게 그런 책 한 권으로 생활할 수 있을 거라고 믿는 것은 너무나 무모하다고 말했습니다. 그래서 글을 쓰면서 어떻게 생활할 수 있느냐고 물었을 때, 또 '나는 다만 글 쓰면서 살기를 원한다.'라고 말했을 때, 당시 출판사의 원고 심사 책임자인 발터 뵐리히 씨가 경제적으로 그래도 수입이 보장되는 희곡 작가의 길을 제시했습니다. 그래서 「관객모독」이 나오게 되었습니다."

이렇게 해서 나온 극작품을 그는 1965년 10월에 출판사 대표 지크프리트 운젤트에게 보였다. 그러나 운젤트는 그 작품을 "출판도 공연도 불가한" 것으로 판단했다. 그해 늦은 겨울에 한트케는 그 원고를 오스트리아 슈타이어마르크 주 방송국 문학 부문 담당자 알프레드 홀칭거에게 가져갔다. 홀칭거는 「그라츠에서 한트케의 문학적 시작」이란 글에서 이렇게 소감을 적었다. "나는 그 원고를 읽고 전체적으로 재치가 풍부하고 언어적으로 우수한, 연극에 대한 이론적인 글이라는 소견과 함께 며칠 후에 돌려주었다. 그러나 나는 소위 희곡이라고 하는 이 작품을 (한트케는 그의 텍스트에서 등장인물들의 역을 전혀 분배하지 않았고 단지 장면에 대한 막연한 소견만 덧붙였다.) 공연할 수 있다고 생각할 수는 없었다."

이렇게 부정적인 반응을 얻은 이 작품을 그래도 무대에 올리기 위해 당시 주어캄프 출판사의 연극 분야 책임자이던 카를하인츠 브라운이 노력을 아끼지 않았지만 독일어권의 어떤 극단도 이 전위적인 작품을 공연하려고 하지 않았다. 브라운은 한 달 반 동안 독일 북쪽에서부터 남쪽 스위스와 오스트리아에 이르기까지 모든 극단에 이 작품 공연을 제안했으나 아무도 관심을 보이지 않자 1966년 프랑크푸르트의 연극 비평가 페터 이덴과 함께 '실험 I(Experimenta I)'이란 모임을 조직해 「관객모독」 공연을 개인적으로 주선하고자 결심했다. 그는 연극에 필요한 네 배우를 모집했고 프랑크푸르트 시립 '탑 극장(Das Theater am Turm)'의 젊은 연출가 클라우스 파이만(1939년생. 1965년부터 1969년까지 탑 극장 극장장이었다. 현재는 베를린 앙상블의 예술 감독이다.)으로 하여금 이 작품 연습을 지휘하도록 했다. 한트케의 친구였던 울리히 하스와 나머지 세 배우, 즉 미하엘 그루너, 클라우스 디터 렌츠, 뤼디거 포글러 그리고 연출가 파이만은 휴가 기간을 이용해 「관객모독」을 연습했고 1966년 6월 8일 프랑크푸르트 탑 극장에서 첫 공연을 감행했다.

그런데 이게 웬일인가? 온갖 어려움을 겪으면서 공연된 「관객모독」은 흥행 기획자들과 연극 평론가들이 전혀 기대하지 않았던 폭발적인 인기를 얻었다. 1966년 봄에 나온 첫 소설 『말벌들』은 큰 흥미를 끌지 못하고 몇몇 비평가들, 특히 야콥 린트 같은 비평가로부터는 "이야깃거리가 없는 현학적인 서술"이라고 혹독한 평가를 받기도 했지만, 같은 해 여름에 공연된 「관객모독」은 한트케가 문학적 명성을 얻는 데 결정적인 역할을 했다. 소위 "작품과 작가가 하룻밤 사이에 상표명"이 되었던 것이다. 그렇다면 한트케에게 호의적이던 운젤트나 홀칭거 같은 전문가들이 연극으로 공연하기에는 부적합하다고 판정했던 작품이 관객들로부터는 그토록 큰 갈채를 받은 이유를 어떻게 설명해야 할까? 「관객모독」도 "이야깃거리가 없는 현학적인 서술"이라는 평을 벗어날 수 없기 때문이다.

2

1966년 초에 나온 첫 소설과 6월에 공연된 연극 사이의 기간인 4월에 한트케는 작품 외적인 활동으로 미국 프린스턴에서 열리는 '47그룹' 모임에 참석할 기회를 얻었다. 4월 22일부터 24일까지 일정이었다. 47그룹은 1945년 2차 세계 대전이 독일의 패전으로 끝나고 이 년 후 공산주의 진영인 소련과 자본주의 진영인 프랑스, 영국, 미국 연합군 측이 독일을 동과 서로 나누어 지배하게 된 1947년을 기점으로 삼아, 서독 문인들이 독일의 전쟁 범죄 행위에 속죄하는 심정으로 조금도 속이지 않고 현실을 있는 그대로 쓰겠다는 공감대 속에서 만든 문인 단체다. 그래서 이들의 문학은 '신사실주의 문학' 또는 '참여 문학'이라고 불린다. 이 모임은 해마다 한 번씩 열렸는데, 1966년에는 미국 프린스턴에서 모임이 있었던 것이다. 회장 한스 베르너 리히터가 주어캄프 출판사 측에 프린스턴에

올 수 있는 초청장 한 장을 제공했는데, 사장인 운젤트는 최근에 책이 출간된 가장 나이 어린 작가 한트케를 보냈던 것이다. 작가들은 사흘 동안 자신들의 미발표 작품을 읽었고, 한트케도 범죄 소설 『행상인』의 한 부분을 읽었다. 마지막 날 헤르만 피비트란 작가의 낭독이 끝났을 때, 한트케는 손을 들고 일어나 이렇게 말했다.

여기서뿐만 아니라 어디에서도 서술 불능이 독일 문학을 지배하고 있다.(무언가 아는 것이 없더라도 적어도 서술은 할 수 있어야 한다.) 창조성과 성찰도 부족하며, 이러한 산문은 무미건조하고 어리석다. 그리고 무미건조하고 어리석기는 비평도 마찬가지며, 비평의 방법은 아직까지도 여전히 낡은 서술 문학에서 성장한 것이어서 모든 다른 종류의 문학에 대해서는 그저 비난이나 하고 지루함이나 퍼뜨릴 뿐이다.(1966년 5월 6일, 《디 차이트》)

당시 서독의 47그룹에는 역량이 뛰어난 쟁쟁한 작가들이 많았다. 노벨 문학상을 받은 하인리히 뵐과 귄터 그라스도 1951년과 1958년에 47그룹 문학상을 받은 작가들이다. 그라스가 1959년에 『양철북』을 발표했을 때, 주인공 오스카가 세 살 생일에 '어른들과 거리를 두기 위해' 성장을 멈추기로 결심하는 비현실적인 서술이 '현실을 있는 그대로 쓰겠다'는 47그룹의 문학 방향에 어긋난다는 논란이 일기도 했다.

그런데 1966년, 오스트리아 남쪽 작은 도시 출신으로 독일 출판사의 배려 덕에 모임에 참여한 이름도 생소한 한트케라는 젊은 작가가 비틀스 머리를 하고 47그룹의 기라성 같은 작가들과 비평가들에게 "서술 불능이 독일 문학을 지배하고 있"고, 그들의 문학은 "무미건조하고 어리석으며", "낡은 서술 문학에서 성장한 것"이라고 맹공을 펼쳤던 것이다.

입이 다물어지지 않는 이러한 과격한 비판으로 한트케는 삽시간에 화제의 인물로 떠올랐고 그의 이름과 행동은 독일어와 영어로 기사화되어 널리 알려지게 되었다. 프린스턴 47그룹 모임에서의 반란 소식은 이후 한트케를 이야기할 때 늘 먼저 언급되는 사건이 되어 버렸다. 47그룹의 문학에 익숙한 독일 비평가 대부분은 한트케의 행동을 관습에서 벗어난 버릇없는 태도로, 또 계획된 자기선전으로 보고 부정적 평가를 내리는 데 주저하지 않았다. 비교적 어려움을 겪고 출판되었던 첫 소설 『말벌들』을 통해 얻을 수 없었던 평판을 얻기 위해 그가 작가들 모임에서 그런 과격한 발언을 했다는 것이다.

그러나 한트케가 활동했던 그라츠에서는, 이러한 피상적인 소란과 비난은 옳지 못하며 한트케가 전위적인 그라츠 문학 잡지 《마누스크립테》에서 했던 활동과 방송국 서평 프로그램에서 벌였던 동시대 문학과의 논쟁을 냉정하게 돌아본다면 그가 미국에서 행한 작가들에 대한 비판은 이미 그라츠 시절에 형성되었던 것이라고 지적했다.

한트케에 관해 아무것도 알 수 없었던 사람들이 이제 그에 관해, 그 발랄한 젊은이에 관해 여러 이야기를 했다. 그렇지만

이 발랄한 젊은이는 갑작스럽게 떠오른 생각을 말했던 것도, 초보자로서 커다란 행운을 잡은 것도, 세대 간 갈등을 교묘하게 이용했던 것도 아니며, 그 진부해질 대로 진부해진 47그룹에 계산적으로 대항했던 것도 아니다. 그라츠에서 증명할 수 있는 그의 문학 활동과 미적 판단의 지속성을 봤을 때 그런 지저분한 동기들에 관해서라면 한트케는 무죄다.(알프레트 홀칭거, 「그라츠에서 한트케의 문학적 시작」)

그라츠 시절 한트케가 접했던 문학 세계란 어떤 세계였을까? 그는 고등학교와 대학교 그리고 방송국에서 1964년부터 1965년까지 서평 프로그램을 진행하면서 백여 권이 넘는 책을 다뤘고 현대 문학에 대한 지식을 폭넓게 키웠다. 이때 그는 스위스 언어학자 소쉬르의 언어 이론, 그 영향을 받은 빅토르 시클롭스키와 보리스 예이헨바움 같은 러시아 형식주의자들의 문학 이론 그리고 롤랑 바르트 같은 프랑스 구조주의자와, 그 이론에 입각해 작품을 썼던 '누보로망'의 대표 작가 알랭 로브그리예 등을 논했다. 로브그리예는 한트케가 작가로서 첫발을 내딛는 데 대단히 중요한 모범이었다고 한다. 이 프랑스 전위 작가는 에세이 「누보로망에 대한 옹호」에서 작품을 만드는 자신의 기본 원칙을 "낡아 버린 형식들에 대한 거부"로 설명했으며, 그러한 새로운 소설을 위한 논리와 문학적 시도는 한트케 자신의 논리로 전환되었다. "나는 독일어권에서 프랑스 구조주의의 영향을 받은 유일한 작가였다."라고 한트케는《슈피겔》에서 이야기했다. 이러한 진술이 대단히 주관

적으로 들릴지 몰라도 한트케가 러시아 형식주의 외에 프랑스 구조주의를 읽고 영향을 받았던 최초의 독서 계층이었음은 의심의 여지가 없다. 이들 적대국의 문학 사조는 2차 세계 대전 후 십여 년이 지나 차츰 독일어권에 상륙하기 시작했고, 문학에 뜻을 둔 한트케는 그 시기에 고등학교와 대학교를 다니면서 그것을 접했기 때문이다. 언어 이론, 형식주의, 구조주의 등과 같은 외국 사조의 영향을 통해 형성된 그의 문학 이론은 당시 서독 문단을 주도하던 47그룹의 문학 이론과 그 토양이 전혀 달랐다. 글을 쓸 때 한트케의 관심은 오직 언어에 있는데 반해, 47그룹 작가들이 열중한 것은 오로지 현실이었던 것이다.

전쟁 중에 태어나긴 했지만 자라면서 독일과는 다른 적대국의 문학과 새로운 사조의 영향을 받고 문학의 꿈을 키운 첫 세대로서 47그룹보다 이십 년 늦게 문단에 등장한 한트케는 "문학이란 언어로 만들어진 것이지 그 언어로 서술된 사물들로 이루어진 것이 아니다."라는 주장으로 47그룹 작가들의 문학적 가치와 서술 방법들을 강력하게 거부하고 이들을 "서술 불능자"로 비난하면서 주목을 끌었던 것이다. 화해될 수 없는 논쟁이 아닐 수 없다. 결과적으로 "현실을 있는 그대로 쓰자."라는 47그룹의 주장은, "컴퓨터를 있는 그대로 묘사하는 것이라면 47그룹 작가보다 백과사전이 훨씬 뛰어나다."라는 한트케의 냉소적인 공격을 발단으로 1967년에 사라진다. 한트케가 문학 활동 초창기에 독일 작가들에게 가한 "서술 불능자"란 비난 그리고 그가 희곡에서 쓴 "관객모독"이란 표현은 이처럼 47그룹의 문학 세계와는 다른 문학 세계에서 생성되었던 것이다.

「관객모독」이 그로부터 사십오 일이 지나 프랑크푸르트에서 공연되었을 때 관객들로부터 커다란 갈채를 받은 것은 작품 자체가 지금까지의 희곡 작품들과는 너무나 달랐기 때문이었으나, 거기에 덧붙여 대학생 차림의 어린 작가가 47그룹의 쟁쟁한 문인들을 당당하게 비판했던 것이 그의 작품에 대한 색다른 관심을 불러 모았다는 사실도 간과할 수는 없을 것이다. 만약 이 작품이 주목받지 못했더라면 한트케가 47그룹에서 한 행동은 젊은이의 일시적인 치기(稚氣)로 간주되었을지도 모른다.

3

47그룹 작가들이 현실에 열중했다는 말은 수긍이 되지만, 한트케의 관심 대상이 언어라는 데에는 좀 더 설명이 필요하리라 여겨진다. 유럽인들은 전통 문법에서 언어의 주된 기능이 세상에 있는 사물을 지칭하는 것이며, 낱말은 그것이 지칭하는 대상과 일치하는 상징이라고 생각해 왔다. 그런데 20세기 들어오면서 언어학자 소쉬르는 『일반언어학 강의』에서 언어를, 사회 안에서 긴 시간을 두고 축적된 언어(langue, 랑그)와 그 일부를 빌려 쓰는 개인들의 언어(parole, 파롤)로 구분하고, 진정한 언어 연구의 대상은 랑그라고 했다. 그리고 그는 언어가 세상 사물과 아무 관계 없는 기호라는 새로운 이론을 제시했다. 낱말이 그 지시 대상과 깊은 관계를 맺고 있다고 믿었던 사람들에게, 낱말이란 세상 사물과 아무런 관련 없는 기호일 뿐이며 기호와 그 의미 관계는 단지 사람들 사이의 약속에 불과하다는 이론은 지금까지와는 너무나 다른 의식을 요구했다. 한트케가 젊은 날 심취했던 형식주의와 구조주의는 소쉬르의 이러한 이론에 기반을 둔 사조다.

철학이나 과학에서도 마찬가지 현상이 나타났다. 사람들은 이전까지 역사나 개인 발전의 근원적인 힘은 '정신'이라고 배워 왔는데, 독일 철학자 마르크스는 사회 구성원을 인간이 아닌 자본가와 노동자로 보았다. 마르크스는 노동자를 향해 역사 발전의 근원적인 힘은 '물질(빵)'이라고 주장함으로써 현대 사회에 큰 영향을 미쳤다. 또 사람들은 이전까지 인간의 모든 행동은 '의식'의 지배를 받는다고 배워 왔는데, 오스트리아 정신과 의사 프로이트는 환자들의 꿈을 분석하면서, 모든 인간이 자신을 기억하지 못하는 기간, 즉 어머니 배 속에 웅크리고 있던 순간부터 태어난 후 수 년까지라는 기간에 주목했다. 그는 이 '무의식' 기간이 이후 인간의 의식 세계를 지배한다고 주장하면서 사회 여러 분야에 반향을 일으켰다.

이처럼 인문학적 사유에 따라 규정된 많은 개념들이 현대에 들어오면서 과학적 실증의 영향으로 패러다임 변화를 겪었다. 그전까지 문학과 언어를 인간의 정서로 느끼고 감흥을 맛보았다면, 20세기 들어와서는 인간의 자리를 과학이 대신 차지하게 된 것이다. 그리고 문학(Literatur)과 언어(Sprache)에는 과학(Wissenschaft)이란 낱말이 부가되어 문예학(Literatur-Wissenschaft)과 언어학(Sprach-Wissenschaft)이라는 표현이 쓰인다.

문학 작품을 이해하는 데 있어서도 독자 대부분은 내용에 대해 인문학적 사유를 펼치면서 감동을 주는 요인(상징)들을 찾느라 깊은 상념에 잠긴다. 용케 그런 장면을 찾으면 감탄사를 외치며 칭찬을 주체하지 못하지만, 마음에 와 닿는 부분이 없으면, 멀뚱해져서 뭐 이런 것을 작품이라고 하냐며 혀를 차게 된다. 그러나 빌려 쓰는 언어로 문학이 만들어진다는 말에 동의한다면, 낱말(기호)들에서 내용을 보는 것은 그렇게 중요하게 여겨지지 않을 것이다. 이전 시대의 수많은 작가들이 같은 낱말들로 같은 이야기들을 이미 수없이 서술해 놓았기 때문에 또다시 그것을 반복한다는 것은 로브그리예나 한트케 말대로 "낡아 버렸고" "서술 불능"이며 "무미건조하고 어리석은" 일이다. 한트케는 그래서 「관객모독」의 서술 방법에 대해 「나는 상아탑에 산다」라는 소론(小論)에서 이렇게 말한다.

> 내 첫 희곡들의 작법은 (……) 연극 진행을 단어들로만 한정한 것이었다. 단어들의 서로 다른 의미는 사건 진행이나 개별 이야기를 방해했다. 연극이 어떤 구체적인 상(想)을 그리지도 않고, 현실을 그대로 묘사하거나 현실이 아닌 것을 현실로 착각하게끔 하지도 않으며, 오직 현실에서 쓰이는 단어와 문장으로만 구성된다는 점, 그것이 이 작법의 핵심이었다. 지금까지의 모든 방법들에 대한 거부가 내 첫 희곡의 작법이었다.

사건이나 개인의 이야기를 구체적으로 서술해서 어떤 상(想)을 만드는 것이 아니라, 오로지 단어와 문장만으로 작품을 구성했다는 것이다. 내용은 없고 단어나 문장이 비트 음악처럼 반복되는 연극인 것이다. 이것을 한트케는 언어극이라 부른다. 한트케가 거부한 기존의 연극은 구체적으로 현실을 서술하며, 언어극과 대비된다. 사실극, 또는 동독에서 브레히트가 노동자들을 계몽하기 위한 공연 기법으로 주장했던 서사극을 그 예로 들 수 있을 것이다.

그의 문학 연습을 위해 또 하나 중요한 역할을 한 것은 오스트리아 철학자 비트겐슈타인이다. 한트케는 1966년에 쓴 「문학은 낭만적이다」라는 소론에서 "한 단어의 중요성은 그 단어의 의미가 아니라 (……) 그 단어가 언어에서 어떻게 사용되는가 하는 것"이라는 비트겐슈타인의 주장을 인용했다. 이 언어철학으로부터 한트케는 한 단어를 다양하게 사용함으로써 생겨나는 유희의 가능성을 배웠다.

4

관객은 호기심을 충족하거나 즐거움을 누리기 위해 연극을 보러 왔는데 관객을 모독한다는 제목에 묘한 기분이 들 수밖에 없다. 제목에 이어서 작품을 만드는 데 영향을 주었거나 공연을 위해 같이 작업한 동료들 열 명의 이름이 기록되어 있다. 이 중 유일한 예외로 영국인 존 레넌이 들어 있는데, 그는 한트케가 그 당시 열광했던 비틀스 멤버다. 한트케가 1942년생이고 레넌은 1940년생이므로 태어난 국가는 다르지만 비슷한 연배다.

다음으로 등장인물은 "배우 네 명"이라고만 되어 있다. 이름도 직업도 나이도 성별 구별도 역할 분담도 없다. 이 네 명에게는 "배우를 위한 규칙"이라는 게 있다. 이 규칙에 따르면 배우들은 몇 가지 지정된 소리를 들어야 하고 몇 가지 지정된 모습을 관찰해야 한다.

먼저 들어야 할 소리로는 성당의 기도 소리, 축구장의 응원 소리, 데모 군중의 구호 소리, 자전거 바퀴가 돌아가는 소리, 콘크리트 믹서가 도는 소리, 논쟁하는 소리, 롤링 스톤스라는 록 밴드가 부르는 「텔 미」의 노랫소리, 기차의 도착 또는 출발 소리가 있다.

다음으로 관찰해야 할 모습으로는 범죄 영화 속 보스의 모습, 비틀스 영화, 비틀스 멤버 링고 스타가 다른 사람의 조롱을 받은 후 드럼을 치면서 짓는 미소, 영화 「서부에서 온 사나이」 속 게리 쿠퍼의 얼굴, 그 영화 속 벙어리의 죽음, 동물원에서 인간 흉내를 내는 원숭이와 라마의 모습, 건달이나 게으름뱅이가 거리를 걸어가는 모습과 슬롯머신 앞에서 도박하는 모습이 있다.

특히나 비틀스는 1960년 영국 리버풀에서 결성된 록 밴드로 단순히 음악뿐 아니라 1960년대의 사회 및 문화 전반에 혁명을 불러일으켰다. 롤링 스톤스 역시 1962년 런던에서 결성된 록 밴드다. 멤버인 브라이언 존스는 시카고의 블루스 거장인 흑인 가수 머디 워터스가 부른 「Rollin' Stone(구르는 돌)」이란 노래를 기념하여 밴드 이름을 롤링 스톤스(The Rolling Stones, 구르는 돌들)로 지었다. 저항이나 도전이나 선언을 이야기할 때 젊은이들의 가슴을 뜨겁게 뒤흔들었던 말이다. 이전 시대의 통기타 음악이 개개인의 가슴에 조용한 감동을 주었다면, 비틀스나 롤링 스톤스의 보컬과 전자 기타 그리고 강한 백비트 소리는 광란하는 젊은이들과 함께 축구장의 응원 소리, 데모 군중의 구호 소리, 기차의 도착 또는 출발 소리처럼 개인과 사회 전반을 뒤흔들었다. 작가는 "배우 네 명"에게 이러한 혁명적인 의식 변화에서 눈과 귀를 떼지 말 것을 요구하는 것이다.

극장 안 모습은 겉으로는 관객에게 익숙하다. 막 뒤에서 소도구들이 움직이는 소리, 배우들이 소곤대는 소리가 들린다. 그러나 이것은 다른 연극, 즉 사실극에서 소도구를 배치할 때 나는 소리를 녹음한 것이라고 한다. 실제로 무대에는 아무런 소도구가 없기 때문에 소리가 날 리가 없지만, 관객들의 습관에 맞추기 위해 흉내를 내는 것이라고 설명된다.

이전 시대와는 다른 의식으로 무장한 배우 네 명, 도구나 장치가 전혀 없는 텅 빈 무대, 공연 내내 변함없이 밝은 무대와 객석, 배우들이 무대 뒤에서 등장하여 무대 앞쪽으로 오는 동안 관객에게 퍼부어야 할 욕설을 연습한다는 설명은 아주 색다른 느낌을 주고 호기심을 불러일으키는 것이 사실이다. 네 배우는 이제 정식으로 관객을 향해 "여러분을 환영합니다. 이 작품은 일종의 머리말입니다."라고 말하면서 연극을 시작한다.

이것은 연극이 아닙니다. 여기에는 막간 휴식이 없습니다. 여기에는 여러분에게 감동을 주는 어떤 사건도 없습니다. 이것은 연극이 아닙니다. (……) 여러분은 함께 연기하지 않습니다. 여러분 앞에서 연기가 이루어질 뿐입니다. 이것은 언어극입니다. (……) 여러분은 스포트라이트를 받고 있습니다. 여러분이 우리 언어의 중심입니다. (……) 여기 무대 위에는 여러분의 시간과 다른 시간은 없습니다. 우리는 같은 시간에 있습니다. 우리는 같은 장소에 있습니다. 우리는 같은 공기를 호흡합니다. 우리는 같은 공간에 있습니다. 여기는 여러분의 세계와 다른 세계가 아닙니다.

우리에게 익숙한 사실극에서는 무대 위 배우들이 어떤 사건을 재생하고 관객들은 그것을 숨죽이고 바라본다. 그래서 무대 위에서 구성되는 사건이나 그 사건이 일어나는 시간과 장소는 관객들의 시간이나 장소와는 전혀 관계 없다. 관객들은 사건을 연기하는 배우가 진짜인 양 넋을 놓고 상상 속으로 빠져드는 것이다. 그러나 한트케는 그런 연극을 거부한다. 감동을 주는 사건 같은 것은 없다. 배우와 관객은 같은 시간, 같은 장소, 같은 공기, 같은 공간을 공유한다. 배우는 "관객을 언어의 주제로 삼는 언어극"을 한다고 말한다.

여러분이 아직 들어 본 적 없는 것은 여기서도 듣지 못할 것입니다. 여러분이 아직 본 적 없는 것은 여기서도 볼 수 없을 것입니다. 여러분이 이곳 극장에 오면 늘 보았던 것을 여기서는 전혀 볼 수 없을 것입니다. 여러분이 이곳 극장에 오면 늘 들었던 것을 여기서는 전혀 들을 수 없을 것입니다.

무대 장식이나 의상 디자인, 세련된 조명 같은 것은 없고 오직 언어의 효과로 단순화된 연극만이 순수한 언어극이라는 것이다. 짧은 문장들에서 단어가 하나씩 바뀌면서 템포와 박자가 리드미컬하게 반복되는 소리를 듣노라면 비트 음악의 효과를 떠올리지 않을 수가 없다. 그러나 이 반복되는 짧은 문장들도 끝나고 이어서 연극 막바지에는 욕설 대사가 휘황찬란하게 울려 퍼진다. 적지 않은 욕설 부분들("전쟁광들아, 짐승 같은 인간들아, 공산당 떼거리들아, 인간의 모습을 한 짐승들아, 나치의 돼지들아.")은 1933년에서 1945년 사이 나치 시대를 연상시키기도 한다. 관객은 눈을 멀뚱하게 뜬 채 넋두리같이 반복되는 언어 유희를 듣다가 마침내는 배가 터지게 욕을 얻어먹는다. 근엄하게 대본만 읽고 내용을 따지는 독자들은 웃어야 좋을지 화를 내야 좋을지 결정을 못하고 똥 씹은 표정을 할 확률이 높지만, 연극 관객은 언어를, 아니 욕설을 비트 음악에 맞추어 반복적으로 읊어 대는 공연을 보느라 욕설의 의미를 따져 볼 겨를이 없다. 그저 쉴 새 없이 읊어 대는 소리만 음악처럼 들리다가 마지막에 가서 관객이 나갈 때는 "여러분은 여기서 환영받으셨습니다. 감사합니다. 안녕히 가십시오." 하는 말과 함께 스피커를 통해 우레 같은 박수와 휘파람 소리가 울려 퍼진다. 그러고는 막이 내려온다. "내 희곡은 단어와 문장으로만 구성되었고, 중요한 것은 의미가 아니라 그 단어의 다양한 사용"이라는 한트케의 말이 알 듯 모를 듯 내내 머릿속에서 맴돈다.

번역을 위한 원전으로는 *Publikumsbeschimpfung und andere Sprechstücke*, edition suhrkamp, 1979(초판은 taschenbuch, 1966)를 사용했다. 끝으로 독일 주어캄프 출판사의 동의를 얻어, 한국 문학과는 다른 문학성을 지닌 이 작품의 출간을 위해 애쓴 민음사에 깊이 감사드린다.

2012년 11월

윤용호

작가 연보

1942년 12월 6일 오스트리아 케른텐 지역의 그리펜 구역에 있는 알텐마르크트 6번지에서 출생.

1944년 동베를린 판코로 이주.

1948년 고향으로 돌아와 초등학교 입학.

1953년 하우프트슐레 입학.

1954년 탄첸베르크에 있는 김나지움의 기숙 학교로 전학.

1959년 김나지움 자퇴. 마지막 삼 년은 클라겐푸르트 김나지움에서 마침.

1961년 그라츠 대학교 법학과 입학.

1965년 법학과 수료 후 연극배우 립가르트 슈바르츠와 결혼. 독일 주어캄프 출판사에서 첫 소설 『말벌들(Die Hornissen)』 채택.

1966년 독일 뒤셀도르프로 이주. 미국 프린스턴에서 열린

'47그룹' 회합에 참석. 소설 『말벌들』, 희곡집 『관객 모독과 다른 언어극들(Publikumsbeschimpfung und andere Sprechstücke)』 출간. 논문 「미국에서의 47그룹 회합(Zur Tagung der Gruppe 47 in den USA)」과 문학은 낭만적이다(Die Literatur ist romantisch)」 발표.

1967년 게르하르트 하우프트만 상 수상. 소설 『행상인(Der Hausierer)』, 산문 『감사(監事)의 인사(Begrüßung des Aufsichtsrats)』, 언어극 모음집 『구조 요청(Hilferufe)』 출간. 논문 「나는 상아탑에 산다(Ich bin ein Bewohner des Elfenbeinturms)」 발표.

1968년 베를린으로 이주. 희곡 『카스파르(Kaspar)』, 『방송극(Hörspiel)』, 『방송극 2(Hörspiel Nr. 2)』 출간.

1969년 딸 아미나 출생. 파리로 이주. 희곡 『미성년은 성년이 되기를 원한다(Das Mündel will Vormund sein)』, 시집 『내부 세계의 외부 세계의 내부 세계(Die Innenwelt der Außenwelt der Innenwelt)』, 『시골 볼링장의 볼링 핀 전복(Das Umfallen der Kegel von einer bäuerlichen Kegelbahn)』, 『독일 시(Deutsche Gedichte)』, 방송극 『소음의 소음(Geräusch eines Geräusches)』 등 출간.

1970년 소설 『페널티킥 앞에 선 골키퍼의 불안(Die Angst des Tormanns beim Elfmeter)』, 희곡 『혼성곡(Quodlibet)』, 방송극 『바람과 바다. 네 편의 방송극(Wind und Meer. Vier Hörspiele)』 출간.

1971년 쾰른으로 이주. 부인과 결별 후 미국에서 강연 여행. 그해 말 어머니 자살. 독일 크론베르크로 다시 이사 후 시나리오 『시사 사건들의 기록(Chronik der laufenden Ereignisse)』, 희곡 『보덴 호수로의 기행(Der Ritt über den Bodensee)』 출간.

1972년 페터 로제거 문학상 수상. 소설 『긴 이별에 대한 짧은 편지(Der kurze Brief zum langen Abschied)』, 『소망 없는 불행(Wunschloses Unglück)』, 시집 『시 없는 인생(Leben ohne Poesie)』 출간.

1973년 파리로 다시 이주. 실러 상 및 뷔히너 상 수상. 희곡 『어리석은 자들 죽다(Die Unvernünftigen sterben aus)』 출간. 연설문 「두개골 밑의 안전(Die Geborgenheit unter der Schädeldecke)」 발표.

1974년 사화집 『소망하는 것이 이미 이루어졌을 때(Als das Wünschen noch geholfen hat)』 출간.

1975년 소설 『진정한 감성의 시간(Die Stunde der wahren Empfindung)』 출간. 영화 「잘못된 움직임(Falsche Bewegung)」 제작.

1976년 소설 『왼손잡이 부인(Die linkshändige Frau)』 출간 및 영화 제작.

1977년 일기체 기록문 『세계의 무게(Das Gewicht der welt. Ein Journal)』 출간.

1978년 영화 「왼손잡이 부인」으로 밤비 영화상 및 프랑스 조르주 사둘 상 수상.

1979년 잘츠부르크로 이사. 1회 카프카 상 수상하나 상을 자신보다 젊은 게르하르트 마이어와 프란츠 바인체틀에게 양보. 소설 『느린 귀향(Langsame Heimkehr)』 출간.

1980년 소설 『생트빅투아르 산의 교훈(Die Lehre der Sainte-Victoire)』, 선집 『배회의 끝(Das Ende des Flanierens)』 출간.

1981년 소설 『아이 이야기(Kindergeschichte)』, 희곡 『마을에 관해(Über die Dörfer. Dramatisches Gedicht)』 출간.

1982년 기록문 『연필 이야기(Die Geschichte des Bleistifts)』 출간.

1983년 소설 『고통의 중국인(Der Chinese des Schmerzes)』, 『반복의 판타지(Phantasien der Wiederholung)』 출간.

1984년 오스트리아 기업가 협회에서 안톤 빌트간스 상 수상자로 지명되었으나 거절.

1985년 잘츠부르크 문학상 및 그라츠의 프란츠 나블 상 수상.

1986년 소설 『반복(Die Wiederholung)』, 『지속에 대한 시(Gedicht an die Dauer)』 출간.

1987년 슬로베니아 작가 협회의 빌레니카 상 수상. 소설 『어떤 작가의 오후(Nachmittag eines Schriftstellers)』, 동화 『부재(Die Abwesenheit. Ein Märchen)』 출간. 빔 벤더스 감독과 함께 영화 「베를린의 하늘(Der Himmel über Berlin)」(우리나라에는 「베를린 천사의 시」로 소개) 시나리오 작업.

1988년 1987년도 대 오스트리아 국가상 및 브레멘 문학상 수상. 희곡 『질문의 놀이 혹은 햇볕이 따뜻한 나라로의 여행(Das Spiel vom Fragen oder die Reise zum sonoren Land)』, 소설 『권태에 관한 에세이(Versuch über die Müdigkeit)』 출간.

1990년 딸 아미나가 오스트리아 빈 대학교로 옮겨 간 후 슬로베니아 카르스트, 스페인 메세타, 일본 등지를 여행. 소설 『주크박스에 관한 에세이(Versuch über die Jukebox)』, 소설 『다시 한 번 투키디데스를 위해(Noch einmal für Thukydides)』 출간.

1991년 파리에서 두 번째 부인 소피 세민과 결혼하여 파리 근교 샤빌에 정착. 1990년도 프란츠 그릴파르처상 수상. 소설 『행복했던 날에 대한 에세이(Versuch über den geglückten Tag)』, 에세이 『동경의 나라로부터 몽상가의 이별(Abschied des Träumers vom Neunten Land)』 출간. 윌리엄 셰익스피어의 『겨울 동화(The Winter's Tale)』 번역.

1992년 둘째 딸 레오카디 출생. 무언극 『우리가 서로를 알지 못했던 시간(Die Stunde, da wir nichts voneinander wußten)』 발표. 1980~1992년 작품 모음집 『그늘 속에서 천천히(Langsam im Schatten)』 출간.

1993년 호르바트와의 대화집 『다시 한 번 동경의 나라에 관해(Noch einmal vom Neunten Land)』 출간. 아이히슈테트 가톨릭 대학교 명예박사 학위.

1994년 '새 시대의 동화' 『인적 없는 해안에서 보낸 세월(Mein Jahr in der Niemandsbucht)』 발표.

1995년 실러 기념상 수상

1996년 소설 『도나우 강, 사바 강, 모라비아 강, 드리나 강으로의 겨울여행 혹은 세르비아인을 위한 정당성(Eine winterliche Reise zu den Flüssen Donau, Morawa und Drina oder Gerechtigkeit für Serbien)』, 에세이 『겨울 여행을 위한 여름날의 기록(Sommerlicher Nachtrag zu einer winterlichen Reise)』 출간.

1997년 왕실 드라마 『불멸을 위한 준비. 왕의 드라마(Zurüstungen für die Unsterblichkeit. Königsdrama)』 발표. 소설 『어느 어두운 밤에 나는 조용한 나의 집에서 나왔다(In einer dunklen Nacht gingich aus meinem stillen Haus)』 출간.

1998년 소설 『이른 아침 암벽 창에서(Am Felsfenster morgens. Und andere Ortszeiten 1982~1987)』 출간.

1999년 『말의 나라. 케른텐, 슬로베니아, 프리아울, 이스트리엔, 달마치아(Ein Wortland. Kärnten, Slowenien, Friaul, Istrien und Dalmatien)』, 희곡 『통나무배 타기 혹은 전쟁 영화에 관한 연극(Die Fahrt im Einbaum oder Das Stück zum Film vom Krieg)』, 소설 『이런 저런 것들과 숲 속의 루시(Lucie im Wald mit den Dingsda)』 출간.

2000년 소설 『눈물을 삼키며 물어본다. 전쟁 중의 유고슬

라비아 횡단 기록 두 편, 1999년 3월과 4월(Unter Tränen fragend. Nachträgliche Aufzeichnungen von zwei Jugoslawien-Durchquerungen im Krieg, März und April 1999)』 출간.

2001년 프랑크푸르트 블라우어 살롱 상 수상. 2001년부터 2006년까지 독일 여배우 카차 플린트와 동거.

2002년 『풍경의 상실 혹은 시에라데그레도스 산맥을 지나며(Der Bildverlust oder durch die Sierra de Gredos)』, 에세이 『말하기와 글쓰기. 책과 그림과 영화로 1992~2000년(Mündliches und Schriftliches. Zu Büchern, Bildern und Filmen 1992~2000)』 출간. 클라겐푸르트 대학교 명예박사 학위.

2003년 『대법정 주변(Rund um das Große Tribunal)』, 『지하 블루스. 지하철역 드라마(Untertagblues. Ein Stationendrama)』 발표. 소포클레스의 『콜로노스의 오이디푸스(Sophokles: Ödipus auf Kolonos)』 번역. 잘츠부르크 대학교 명예박사 학위.

2004년 소설 『(돈 후안 자신이 말하는) 돈 후안(Don Juan (erzählt von ihm selbst))』 출간. 지크프리트 운젤트 상 수상.

2005년 에세이 『스페인 국립 공원 다이멜의 타블라스(Die Tablas von Daimel)』, 소설집 『지나간 여행 중에(Gestern unterwegs)』 출간.

2006년 희곡 『실종자의 추적(Spuren der Verirrten)』 출간. 뒤

셀도르프에서 주관하는 하인리히 하이네 상 후보자로 지명되었으나, 세르비아를 옹호하는 한트케의 정치적 입장 때문에 시 의회 의원들이 심사를 거부하고, 한트케도 수상을 거부. 6월에 베를린 앙상블 단원들이 뒤셀도르프 시 의회의 행위를 '예술의 자유에 대한 공격'으로 간주하고, 한트케를 위해 '베를린 하인리히 하이네 상'이라는 이름으로 같은 액수의 상금을 모금. 6월 22일, 한트케는 이러한 노력에 고마움을 표하고 상금을 코소보의 세르비아 마을에 기부해 달라고 부탁. 2007년 부활절에 기부금 전달.

2007년 소설 『칼리. 이른 겨울 이야기(Kali. Eine Vorwintergeschichte)』, 『사마라(Samara)』, 에세이집 『나의 지역표. 나의 연대표 1967~2007년(Meine Ortstafeln. Meine Zeittafeln. Essays 1967~2007)』 출간.

2008년 소설 『사마라(Samara)』를 『모라비아 강의 밤(Die morawische Nacht)』으로 제목을 바꾸어 재출간. 스릅스카 공화국의 니에고스 최고 훈장 수상. 『헤어지는 그날까지 혹은 빛의 질문(Bis daß der Tag euch scheidet oder Eine Frage des Lichts)』 발표.

2009년 『벨리카 호카 마을의 뻐꾸기들(Die Kuckucke von Velika Hoca)』 출간. 라자르 영주의 황금 십자가상(세르비아 문인 동맹 훈장), 프라하의 프란츠 카프카 문학상 수상.

2010년 『밤으로 이야기되었던 일 년(Ein Jahr aus der Nacht gesprochen)』, 희곡 『아직도 폭풍(Immer noch Sturm)』 발표. 캐른텐의 슬로베니아 문화 협회에서 주는 빈첸츠 리치 상 수상.

2011년 『아직도 폭풍』으로 네스트로이 연극상 수상. 『큰 사건(Der große Fall)』, 『드라골유브 밀라노비치 이야기(Die Geschichte des Dragoljub Milanović)』 발표.

2012년 『아란후에스의 아름다운 날들. 여름 대화(Die schönen Tage von Aranjuez. Ein Sommerdialog)』 발표.

세계문학전집 306

관객모독

1판 1쇄 펴냄 2012년 11월 30일
1판 15쇄 펴냄 2024년 9월 19일

지은이 페터 한트케
옮긴이 윤용호
발행인 박근섭, 박상준
펴낸곳 (주)민음사

출판등록 1966. 5. 19. (제 16-490호)
서울특별시 강남구 도산대로1길 62(신사동) 강남출판문화센터 5층 (우편번호 06027)
대표전화 02-515-2000 팩시밀리 02-515-2007
www.minumsa.com

ISBN 978-89-374-6306-8 04800
ISBN 978-89-374-6000-5 (세트)

민음사 세계문학전집

세계문학전집 목록

1·2 **변신 이야기 오비디우스·이윤기 옮김** 서울대 권장도서 100선
3 **햄릿 셰익스피어·최종철 옮김** 서울대 권장도서 100선 | 미국대학위원회 선정 SAT 추천도서
4 **변신·시골의사 카프카·전영애 옮김** 서울대 권장도서 100선
5 **동물농장 오웰·도정일 옮김** 미국대학위원회 선정 SAT 추천도서 | 《타임》 선정 현대 100대 영문소설
6 **허클베리 핀의 모험 트웨인·김욱동 옮김** 《뉴스위크》 선정 100대 명저
7 **암흑의 핵심 콘래드·이상옥 옮김** 미국대학위원회 선정 SAT 추천도서 | 《뉴스위크》 선정 10대 명저
8 **토니오 크뢰거·트리스탄·베네치아에서의 죽음 토마스 만·안삼환 외 옮김** 노벨 문학상 수상 작가
9 **문학이란 무엇인가 사르트르·정명환 옮김**
10 **한국단편문학선 1 김동인 외·이남호 엮음** 국립중앙도서관 선정 청소년 권장도서
11·12 **인간의 굴레에서 서머싯 몸·송무 옮김**
13 **이반 데니소비치, 수용소의 하루 솔제니친·이영의 옮김** 노벨 문학상 수상 작가
14 **너새니얼 호손 단편선 호손·천승걸 옮김**
15 **나의 미카엘 오즈·최창모 옮김**
16·17 **중국신화전설 위앤커·전인초, 김선자 옮김**
18 **고리오 영감 발자크·박영근 옮김**
19 **파리대왕 골딩·유종호 옮김** 노벨 문학상 수상 작가 | 《타임》 선정 현대 100대 영문소설
20 **한국단편문학선 2 김동리 외·이남호 엮음**
21·22 **파우스트 괴테·정서웅 옮김** 서울대 권장도서 100선 | 미국대학위원회 선정 SAT 추천도서
23·24 **빌헬름 마이스터의 수업시대 괴테·안삼환 옮김**
25 **젊은 베르테르의 슬픔 괴테·박찬기 옮김** 논술 및 수능에 출제된 책(1998~2005)
26 **이피게니에·스텔라 괴테·박찬기 외 옮김**
27 **다섯째 아이 레싱·정덕애 옮김** 노벨 문학상 수상 작가
28 **삶의 한가운데 린저·박찬일 옮김**
29 **농담 쿤데라·방미경 옮김**
30 **야성의 부름 런던·권택영 옮김**
31 **아메리칸 제임스·최경도 옮김**
32·33 **양철북 그라스·장희창 옮김** 노벨 문학상 수상 작가 | 서울대 권장도서 100선
34·35 **백년의 고독 마르케스·조구호 옮김** 노벨 문학상 수상 작가 | 서울대 권장도서 100선
36 **마담 보바리 플로베르·김화영 옮김** 서울대 권장도서 100선
37 **거미여인의 키스 푸익·송병선 옮김**
38 **달과 6펜스 서머싯 몸·송무 옮김**
39 **폴란드의 풍차 지오노·박인철 옮김**
40·41 **독일어 시간 렌츠·정서웅 옮김**
42 **말테의 수기 릴케·문현미 옮김**
43 **고도를 기다리며 베케트·오증자 옮김** 노벨 문학상 수상 작가 | 서울대 권장도서 100선
44 **데미안 헤세·전영애 옮김** 노벨 문학상 수상 작가
45 **젊은 예술가의 초상 조이스·이상옥 옮김** 서울대 권장도서 100선
46 **카탈로니아 찬가 오웰·정영목 옮김**
47 **호밀밭의 파수꾼 샐린저·정영목 옮김** 《타임》 선정 현대 100대 영문소설 | 미국대학위원회 선정 SAT 추천도서 | 《뉴스위크》 선정 100대 명저 | BBC 선정 꼭 읽어야 할 책
48·49 **파르마의 수도원 스탕달·원윤수, 임미경 옮김**
50 **수레바퀴 아래서 헤세·김이섭 옮김** 노벨 문학상 수상 작가 | 국립중앙도서관 선정 청소년 권장도서

51·52 **내 이름은 빨강** 파묵·이난아 옮김 노벨 문학상 수상 작가
53 **오셀로** 셰익스피어·최종철 옮김 서울대 권장도서 100선
54 **조서** 르 클레지오·김윤진 옮김 노벨 문학상 수상 작가
55 **모래의 여자** 아베 코보·김난주 옮김
56·57 **부덴브로크 가의 사람들** 토마스 만·홍성광 옮김 노벨 문학상 수상 작가
58 **싯다르타** 헤세·박병덕 옮김 노벨 문학상 수상 작가
59·60 **아들과 연인** 로렌스·정상준 옮김 《뉴스위크》 선정 100대 명저
61 **설국** 가와바타 야스나리·유숙자 옮김 노벨 문학상 수상 작가 | 서울대 권장도서 100선
62 **벨킨 이야기·스페이드 여왕** 푸슈킨·최선 옮김
63·64 **넙치** 그라스·김재혁 옮김 노벨 문학상 수상 작가
65 **소망 없는 불행** 한트케·윤용호 옮김 노벨 문학상 수상 작가
66 **나르치스와 골드문트** 헤세·임홍배 옮김 노벨 문학상 수상 작가
67 **황야의 이리** 헤세·김누리 옮김 노벨 문학상 수상 작가
68 **페테르부르크 이야기** 고골·조주관 옮김
69 **밤으로의 긴 여로** 오닐·민승남 옮김 노벨 문학상 수상 작가 | 미국대학위원회 선정 SAT 추천도서
70 **체호프 단편선** 체호프·박현섭 옮김
71 **버스 정류장** 가오싱젠·오수경 옮김 노벨 문학상 수상 작가
72 **구운몽** 김만중·송성욱 옮김 서울대 권장도서 100선 | 국립중앙도서관 선정 청소년 권장도서
73 **대머리 여가수** 이오네스코·오세곤 옮김
74 **이솝 우화집** 이솝·유종호 옮김 논술 및 수능에 출제된 책(1998~2005)
75 **위대한 개츠비** 피츠제럴드·김욱동 옮김 《타임》 선정 현대 100대 영문소설
76 **푸른 꽃** 노발리스·김재혁 옮김
77 **1984** 오웰·정회성 옮김 《타임》 선정 현대 100대 영문소설 | 《뉴스위크》 선정 100대 명저
78·79 **영혼의 집** 아옌데·권미선 옮김
80 **첫사랑** 투르게네프·이항재 옮김
81 **내가 죽어 누워 있을 때** 포크너·김명주 옮김 노벨 문학상 수상 작가
82 **런던 스케치** 레싱·서숙 옮김 노벨 문학상 수상 작가
83 **팡세** 파스칼·이환 옮김
84 **질투** 로브그리예·박이문, 박희원 옮김
85·86 **채털리 부인의 연인** 로렌스·이인규 옮김
87 **그 후** 나쓰메 소세키·윤상인 옮김
88 **오만과 편견** 오스틴·윤지관, 전승희 옮김 미국대학위원회 선정 SAT 추천도서
89·90 **부활** 톨스토이·연진희 옮김 논술 및 수능에 출제된 책(1998~2005)
91 **방드르디, 태평양의 끝** 투르니에·김화영 옮김
92 **미겔 스트리트** 나이폴·이상옥 옮김 노벨 문학상 수상 작가
93 **페드로 파라모** 룰포·정창 옮김
94 **차라투스트라는 이렇게 말했다** 니체·장희창 옮김 국립중앙도서관 선정 청소년 권장도서
95·96 **적과 흑** 스탕달·이동렬 옮김 국립중앙도서관 선정 청소년 권장도서
97·98 **콜레라 시대의 사랑** 마르케스·송병선 옮김 노벨 문학상 수상 작가 | BBC 선정 꼭 읽어야 할 책
99 **맥베스** 셰익스피어·최종철 옮김 서울대 권장도서 100선 | 미국대학위원회 선정 SAT 추천도서
100 **춘향전** 작자 미상·송성욱 풀어 옮김 서울대 권장도서 100선
101 **페르디두르케** 곰브로비치·윤진 옮김
102 **포르노그라피아** 곰브로비치·임미경 옮김
103 **인간 실격** 다자이 오사무·김춘미 옮김
104 **네루다의 우편배달부** 스카르메타·우석균 옮김

105·106 **이탈리아 기행** 괴테·박찬기 외 옮김
107 **나무 위의 남작** 칼비노·이현경 옮김
108 **달콤 쌉싸름한 초콜릿** 에스키벨·권미선 옮김
109·110 **제인 에어** C. 브론테·유종호 옮김 BBC 선정 꼭 읽어야 할 책
111 **크눌프** 헤세·이노은 옮김 노벨 문학상 수상 작가
112 **시계태엽 오렌지** 버지스·박시영 옮김 《타임》 선정 현대 100대 영문소설 | 《뉴스위크》 선정 100대 명저
113·114 **파리의 노트르담** 위고·정기수 옮김 미국대학위원회 선정 SAT 추천도서
115 **새로운 인생** 단테·박우수 옮김
116·117 **로드 짐** 콘래드·이상옥 옮김 《뉴스위크》 선정 100대 명저
118 **폭풍의 언덕** E. 브론테·김종길 옮김 미국대학위원회 선정 SAT 추천도서
119 **텔크테에서의 만남** 그라스·안삼환 옮김 노벨 문학상 수상 작가
120 **검찰관** 고골·조주관 옮김
121 **안개** 우나무노·조민현 옮김
122 **나사의 회전** 제임스·최경도 옮김 미국대학위원회 선정 SAT 추천도서
123 **피츠제럴드 단편선 1** 피츠제럴드·김욱동 옮김
124 **목화밭의 고독 속에서** 콜테스·임수현 옮김
125 **돼지꿈** 황석영
126 **라셀라스** 존슨·이인규 옮김
127 **리어 왕** 셰익스피어·최종철 옮김 서울대 권장도서 100선 | 《뉴스위크》 선정 100대 명저
128·129 **쿠오 바디스** 시엔키에비츠·최성은 옮김 노벨 문학상 수상 작가
130 **자기만의 방·3기니** 울프·이미애 옮김
131 **시르트의 바닷가** 그라크·송진석 옮김
132 **이성과 감성** 오스틴·윤지관 옮김
133 **바덴바덴에서의 여름** 치프킨·이장욱 옮김
134 **새로운 인생** 파묵·이난아 옮김 노벨 문학상 수상 작가
135·136 **무지개** 로렌스·김정매 옮김
137 **인생의 베일** 서머싯 몸·황소연 옮김
138 **보이지 않는 도시들** 칼비노·이현경 옮김
139·140·141 **연초 도매상** 바스·이운경 옮김 《타임》 선정 현대 100대 영문소설
142·143 **플로스 강의 물방앗간** 엘리엇·한애경, 이봉지 옮김 미국대학위원회 선정 SAT 추천도서
144 **연인** 뒤라스·김인환 옮김
145·146 **이름 없는 주드** 하디·정종화 옮김
147 **제49호 품목의 경매** 핀천·김성곤 옮김 《타임》 선정 현대 100대 영문소설
148 **성역** 포크너·이진준 옮김 노벨 문학상 수상 작가 | 퓰리처상 수상 작가
149 **무진기행** 김승옥
150·151·152 **신곡(지옥편·연옥편·천국편)** 단테·박상진 옮김 《뉴스위크》 선정 100대 명저
153 **구덩이** 플라토노프·정보라 옮김
154·155·156 **카라마조프가의 형제들** 도스토옙스키·김연경 옮김
157 **지상의 양식** 지드·김화영 옮김 노벨 문학상 수상 작가
158 **밤의 군대들** 메일러·권택영 옮김 퓰리처상 수상 작가
159 **주홍 글자** 호손·김욱동 옮김 서울대 권장도서 100선 | 미국대학위원회 선정 SAT 추천도서
160 **깊은 강** 엔도 슈사쿠·유숙자 옮김
161 **욕망이라는 이름의 전차** 윌리엄스·김소임 옮김
162 **마사 퀘스트** 레싱·나영균 옮김 노벨 문학상 수상 작가
163·164 **운명의 딸** 아옌데·권미선 옮김

165 **모렐의 발명** 비오이 카사레스 · 송병선 옮김
166 **삼국유사** 일연 · 김원중 옮김 서울대 권장도서 100선
167 **풀잎은 노래한다** 레싱 · 이태동 옮김 노벨 문학상 수상 작가
168 **파리의 우울** 보들레르 · 윤영애 옮김
169 **포스트맨은 벨을 두 번 울린다** 케인 · 이만식 옮김
170 **썩은 잎** 마르케스 · 송병선 옮김 노벨 문학상 수상 작가
171 **모든 것이 산산이 부서지다** 아체베 · 조규형 옮김 《타임》 선정 현대 100대 영문소설
172 **한여름 밤의 꿈** 셰익스피어 · 최종철 옮김 미국대학위원회 선정 SAT 추천도서
173 **로미오와 줄리엣** 셰익스피어 · 최종철 옮김 미국대학위원회 선정 SAT 추천도서
174·175 **분노의 포도** 스타인벡 · 김승욱 옮김 노벨 문학상 수상 작가 | 《타임》 선정 현대 100대 영문소설
176·177 **괴테와의 대화** 에커만 · 장희창 옮김
178 **그물을 헤치고** 머독 · 유종호 옮김 《타임》 선정 현대 100대 영문소설
179 **브람스를 좋아하세요...** 사강 · 김남주 옮김
180 **카타리나 블룸의 잃어버린 명예** 하인리히 뵐 · 김연수 옮김 노벨 문학상 수상 작가
181·182 **에덴의 동쪽** 스타인벡 · 정회성 옮김 노벨 문학상 수상 작가
183 **순수의 시대** 워튼 · 송은주 옮김 《뉴스위크》 선정 100대 명저 | 퓰리처상 수상작
184 **도둑 일기** 주네 · 박형섭 옮김
185 **나자** 브르통 · 오생근 옮김
186·187 **캐치-22** 헬러 · 안정효 옮김 《타임》 선정 현대 100대 영문소설
188 **숄로호프 단편선** 숄로호프 · 이항재 옮김 노벨 문학상 수상 작가
189 **말** 사르트르 · 정명환 옮김
190·191 **보이지 않는 인간** 엘리슨 · 조영환 옮김 《타임》 선정 현대 100대 영문소설
192 **왑샷 가문 연대기** 치버 · 김승욱 옮김 퓰리처상 수상 작가
193 **왑샷 가문 몰락기** 치버 · 김승욱 옮김 퓰리처상 수상 작가
194 **필립과 다른 사람들** 노터봄 · 지명숙 옮김
195·196 **하드리아누스 황제의 회상록** 유르스나르 · 곽광수 옮김
197·198 **소피의 선택** 스타이런 · 한정아 옮김 퓰리처상 수상 작가
199 **피츠제럴드 단편선 2** 피츠제럴드 · 한은경 옮김
200 **홍길동전** 허균 · 김탁환 옮김
201 **요술 부지깽이** 쿠버 · 양윤희 옮김
202 **북호텔** 다비 · 원윤수 옮김
203 **톰 소여의 모험** 트웨인 · 김욱동 옮김
204 **금오신화** 김시습 · 이지하 옮김
205·206 **테스** 하디 · 정종화 옮김 미국대학위원회 선정 SAT 추천도서 | BBC 선정 꼭 읽어야 할 책
207 **브루스터플레이스의 여자들** 네일러 · 이소영 옮김
208 **더 이상 평안은 없다** 아체베 · 이소영 옮김
209 **그레인지 코플랜드의 세 번째 인생** 워커 · 김시현 옮김 퓰리처상 수상 작가
210 **어느 시골 신부의 일기** 베르나노스 · 정영란 옮김
211 **타라스 불바** 고골 · 조주관 옮김
212·213 **위대한 유산** 디킨스 · 이인규 옮김 서울대 권장도서 100선 | BBC 선정 꼭 읽어야 할 책
214 **면도날** 서머싯 몸 · 안진환 옮김
215·216 **성채** 크로닌 · 이은정 옮김
217 **오이디푸스 왕** 소포클레스 · 강대진 옮김 서울대 권장도서 100선
218 **세일즈맨의 죽음** 밀러 · 강유나 옮김
219·220·221 **안나 카레니나** 톨스토이 · 연진희 옮김 서울대 권장도서 100선

222 **오스카 와일드 작품선** 와일드 · 정영목 옮김
223 **벨아미** 모파상 · 송덕호 옮김
224 **파스쿠알 두아르테 가족** 호세 셀라 · 정동섭 옮김 노벨 문학상 수상 작가
225 **시칠리아에서의 대화** 비토리니 · 김운찬 옮김
226·227 **길 위에서** 케루악 · 이만식 옮김 《타임》 선정 현대 100대 영문소설 | 《뉴스위크》 선정 100대 명저
228 **우리 시대의 영웅** 레르몬토프 · 오정미 옮김
229 **아우라** 푸엔테스 · 송상기 옮김
230 **클링조어의 마지막 여름** 헤세 · 황승환 옮김 노벨 문학상 수상 작가
231 **리스본의 겨울** 무뇨스 몰리나 · 나송주 옮김
232 **뻐꾸기 둥지 위로 날아간 새** 키지 · 정회성 옮김 《타임》 선정 현대 100대 영문소설
233 **페널티킥 앞에 선 골키퍼의 불안** 한트케 · 윤용호 옮김 노벨 문학상 수상 작가
234 **참을 수 없는 존재의 가벼움** 쿤데라 · 이재룡 옮김
235·236 **바다여, 바다여** 머독 · 최옥영 옮김
237 **한 줌의 먼지** 에벌린 워 · 안진환 옮김 《타임》 선정 현대 100대 영문소설
238 **뜨거운 양철 지붕 위의 고양이 · 유리 동물원** 윌리엄스 · 김소임 옮김 퓰리처상 수상작
239 **지하로부터의 수기** 도스토옙스키 · 김연경 옮김
240 **키메라** 바스 · 이운경 옮김
241 **반쪼가리 자작** 칼비노 · 이현경 옮김
242 **벌집** 호세 셀라 · 남진희 옮김 노벨 문학상 수상 작가
243 **불멸** 쿤데라 · 김병욱 옮김
244·245 **파우스트 박사** 토마스 만 · 임홍배, 박병덕 옮김 노벨 문학상 수상 작가
246 **사랑할 때와 죽을 때** 레마르크 · 장희창 옮김
247 **누가 버지니아 울프를 두려워하랴?** 올비 · 강유나 옮김
248 **인형의 집** 입센 · 안미란 옮김
249 **위폐범들** 지드 · 원윤수 옮김 노벨 문학상 수상 작가
250 **무정** 이광수 · 정영훈 책임 편집 서울대 권장도서 100선
251·252 **의지와 운명** 푸엔테스 · 김현철 옮김
253 **폭력적인 삶** 파솔리니 · 이승수 옮김
254 **거장과 마르가리타** 불가코프 · 정보라 옮김
255·256 **경이로운 도시** 멘도사 · 김현철 옮김
257 **야콥을 둘러싼 추측들** 욘존 · 손대영 옮김
258 **왕자와 거지** 트웨인 · 김욱동 옮김
259 **존재하지 않는 기사** 칼비노 · 이현경 옮김
260·261 **눈먼 암살자** 애트우드 · 차은정 옮김 《타임》 선정 현대 100대 영문소설
262 **베니스의 상인** 셰익스피어 · 최종철 옮김
263 **말리나** 바흐만 · 남정애 옮김
264 **사볼타 사건의 진실** 멘도사 · 권미선 옮김
265 **뒤렌마트 희곡선** 뒤렌마트 · 김혜숙 옮김
266 **이방인** 카뮈 · 김화영 옮김 노벨 문학상 수상 작가 | 미국대학위원회 선정 SAT 추천도서
267 **페스트** 카뮈 · 김화영 옮김 노벨 문학상 수상 작가 | 국립중앙도서관 선정 청소년 권장도서
268 **검은 튤립** 뒤마 · 송진석 옮김
269·270 **베를린 알렉산더 광장** 되블린 · 김재혁 옮김
271 **하얀 성** 파묵 · 이난아 옮김 노벨 문학상 수상 작가
272 **푸슈킨 선집** 푸슈킨 · 최선 옮김
273·274 **유리알 유희** 헤세 · 이영임 옮김 노벨 문학상 수상 작가

275 **픽션들** 보르헤스 · 송병선 옮김 서울대 권장도서 100선
276 **신의 화살** 아체베 · 이소영 옮김
277 **빌헬름 텔 · 간계와 사랑** 실러 · 홍성광 옮김
278 **노인과 바다** 헤밍웨이 · 김욱동 옮김 노벨 문학상 수상 작가 | 퓰리처상 수상작
279 **무기여 잘 있어라** 헤밍웨이 · 김욱동 옮김 미국대학위원회 선정 SAT 추천도서
280 **태양은 다시 떠오른다** 헤밍웨이 · 김욱동 옮김 《타임》 선정 현대 100대 영문 소설
281 **알레프** 보르헤스 · 송병선 옮김
282 **일곱 박공의 집** 호손 · 정소영 옮김
283 **에마** 오스틴 · 윤지관, 김영희 옮김
284·285 **죄와 벌** 도스토옙스키 · 김연경 옮김 미국대학위원회 선정 SAT 추천도서
286 **시련** 밀러 · 최영 옮김
287 **모두가 나의 아들** 밀러 · 최영 옮김
288·289 **누구를 위하여 종은 울리나** 헤밍웨이 · 김욱동 옮김 노벨 문학상 수상 작가
290 **구르브 연락 없다** 멘도사 · 정창 옮김
291·292·293 **데카메론** 보카치오 · 박상진 옮김
294 **나누어진 하늘** 볼프 · 전영애 옮김
295·296 **제브데트 씨와 아들들** 파묵 · 이난아 옮김 노벨 문학상 수상 작가
297·298 **여인의 초상** 제임스 · 최경도 옮김 미국대학위원회 선정 SAT 추천도서
299 **압살롬, 압살롬!** 포크너 · 이태동 옮김 노벨 문학상 수상 작가
300 **이상 소설 전집** 이상 · 권영민 책임 편집
301·302·303·304·305 **레 미제라블** 위고 · 정기수 옮김
306 **관객모독** 한트케 · 윤용호 옮김 노벨 문학상 수상 작가
307 **더블린 사람들** 조이스 · 이종일 옮김
308 **에드거 앨런 포 단편선** 앨런 포 · 전승희 옮김 미국대학위원회 선정 SAT 추천도서
309 **보이체크 · 당통의 죽음** 뷔히너 · 홍성광 옮김
310 **노르웨이의 숲** 무라카미 하루키 · 양억관 옮김
311 **운명론자 자크와 그의 주인** 디드로 · 김희영 옮김
312·313 **헤밍웨이 단편선** 헤밍웨이 · 김욱동 옮김 노벨 문학상 수상 작가
314 **피라미드** 골딩 · 안지현 옮김 노벨 문학상 수상 작가
315 **닫힌 방 · 악마와 선한 신** 사르트르 · 지영래 옮김
316 **등대로** 울프 · 이미애 옮김 《타임》 선정 현대 100대 영문소설 | 《뉴스위크》 선정 100대 명저
317·318 **한국 희곡선** 송영 외 · 양승국 엮음
319 **여자의 일생** 모파상 · 이동렬 옮김
320 **의식** 노터봄 · 김영중 옮김
321 **육체의 악마** 라디게 · 원윤수 옮김
322·323 **감정 교육** 플로베르 · 지영화 옮김
324 **불타는 평원** 룰포 · 정창 옮김
325 **위대한 몬느** 알랭푸르니에 · 박영근 옮김
326 **라쇼몬** 아쿠타가와 류노스케 · 서은혜 옮김
327 **반바지 당나귀** 보스코 · 정영란 옮김
328 **정복자들** 말로 · 최윤주 옮김
329·330 **우리 동네 아이들** 마흐푸즈 · 배혜경 옮김 노벨 문학상 수상 작가
331·332 **개선문** 레마르크 · 장희창 옮김
333 **사바나의 개미 언덕** 아체베 · 이소영 옮김
334 **게걸음으로** 그라스 · 장희창 옮김 노벨 문학상 수상 작가

335 **코스모스** 곰브로비치 · 최성은 옮김
336 **좁은 문 · 전원교향곡 · 배덕자** 지드 · 동성식 옮김 노벨 문학상 수상 작가
337·338 **암 병동** 솔제니친 · 이영의 옮김 노벨 문학상 수상 작가
339 **피의 꽃잎들** 응구기 와 시옹오 · 왕은철 옮김
340 **운명** 케르테스 · 유진일 옮김 노벨 문학상 수상 작가
341·342 **벌거벗은 자와 죽은 자** 메일러 · 이운경 옮김 퓰리처상 수상 작가
343 **시지프 신화** 카뮈 · 김화영 옮김 노벨 문학상 수상 작가
344 **뇌우** 차오위 · 오수경 옮김
345 **모옌 중단편선** 모옌 · 심규호, 유소영 옮김 노벨 문학상 수상 작가
346 **일야서** 한사오궁 · 심규호, 유소영 옮김
347 **상속자들** 골딩 · 안지현 옮김 노벨 문학상 수상 작가
348 **설득** 오스틴 · 전승희 옮김
349 **히로시마 내 사랑** 뒤라스 · 방미경 옮김
350 **오 헨리 단편선** 오 헨리 · 김희용 옮김
351·352 **올리버 트위스트** 디킨스 · 이인규 옮김
353·354·355·356 **전쟁과 평화** 톨스토이 · 연진희 옮김
357 **다시 찾은 브라이즈헤드** 에벌린 워 · 백지민 옮김
358 **아무도 대령에게 편지하지 않다** 마르케스 · 송병선 옮김
359 **사양** 다자이 오사무 · 유숙자 옮김
360 **좌절** 케르테스 · 한경민 옮김 노벨 문학상 수상 작가
361·362 **닥터 지바고** 파스테르나크 · 김연경 옮김 노벨 문학상 수상 작가
363 **노생거 사원** 오스틴 · 윤지관 옮김
364 **개구리** 모옌 · 심규호, 유소영 옮김 노벨 문학상 수상 작가
365 **마왕** 투르니에 · 이원복 옮김 공쿠르상 수상 작가
366 **맨스필드 파크** 오스틴 · 김영희 옮김
367 **이선 프롬** 이디스 워튼 · 김욱동 옮김 퓰리처상 수상 작가
368 **여름** 이디스 워튼 · 김욱동 옮김 퓰리처상 수상 작가
369·370·371 **나는 고백한다** 자우메 카브레 · 권가람 옮김
372·373·374 **태엽 감는 새 연대기** 무라카미 하루키 · 김난주 옮김
375·376 **대사들** 제임스 · 정소영 옮김
377 **족장의 가을** 마르케스 · 송병선 옮김 노벨 문학상 수상 작가
378 **핏빛 자오선** 매카시 · 김시현 옮김
379 **모두 다 예쁜 말들** 매카시 · 김시현 옮김
380 **국경을 넘어** 매카시 · 김시현 옮김
381 **평원의 도시들** 매카시 · 김시현 옮김
382 **만년** 다자이 오사무 · 유숙자 옮김
383 **반항하는 인간** 카뮈 · 김화영 옮김 노벨 문학상 수상 작가
384·385·386 **악령** 도스토옙스키 · 김연경 옮김
387 **태평양을 막는 제방** 뒤라스 · 윤진 옮김
388 **남아 있는 나날** 가즈오 이시구로 · 송은경 옮김
389 **앙리 브륄라르의 생애** 스탕달 · 원윤수 옮김
390 **찻집** 라오서 · 오수경 옮김
391 **태어나지 않은 아이를 위한 기도** 케르테스 · 이상동 옮김 노벨 문학상 수상 작가
392·393 **서머싯 몸 단편선** 서머싯 몸 · 황소연 옮김
394 **케이크와 맥주** 서머싯 몸 · 황소연 옮김

395 **월든** 소로 · 정회성 옮김
396 **모래 사나이** E. T. A. 호프만 · 신동화 옮김
397·398 **검은 책** 오르한 파묵 · 이난아 옮김 노벨 문학상 수상 작가
399 **방랑자들** 올가 토카르추크 · 최성은 옮김 노벨 문학상 수상 작가
400 **시여, 침을 뱉어라** 김수영 · 이영준 엮음
401·402 **환락의 집** 이디스 워튼 · 전승희 옮김
403 **달려라 메로스** 다자이 오사무 · 유숙자 옮김
404 **아버지와 자식** 투르게네프 · 연진희 옮김
405 **청부 살인자의 성모** 바예호 · 송병선 옮김
406 **세피아빛 초상** 아옌데 · 조영실 옮김
407·408·409·410 **사기 열전** 사마천 · 김원중 옮김 서울대 권장도서 100선
411 **이상 시 전집** 이상 · 권영민 책임 편집
412 **어둠 속의 사건** 발자크 · 이동렬 옮김
413 **태평천하** 채만식 · 권영민 책임 편집
414·415 **노스트로모** 콘래드 · 이미애 옮김
416·417 **제르미날** 졸라 · 강충권 옮김
418 **명인** 가와바타 야스나리 · 유숙자 옮김 노벨 문학상 수상 작가
419 **핀처 마틴** 골딩 · 백지민 옮김 노벨 문학상 수상 작가
420 **사라진 · 샤베르 대령** 발자크 · 선영아 옮김
421 **빅 서** 케루악 · 김재성 옮김
422 **코뿔소** 이오네스코 · 박형섭 옮김
423 **블랙박스** 오즈 · 윤성덕, 김영화 옮김
424·425 **고양이 눈** 애트우드 · 차은정 옮김
426·427 **도둑 신부** 애트우드 · 이은선 옮김
428 **슈니츨러 작품선** 슈니츨러 · 신동화 옮김
429·430 **세계의 끝과 하드보일드 원더랜드** 무라카미 하루키 · 김난주 옮김
431 **멜랑콜리아 I–II** 욘 포세 · 손화수 옮김 노벨 문학상 수상 작가
432 **도적들** 실러 · 홍성광 옮김
433 **예브게니 오네긴 · 대위의 딸** 푸시킨 · 최선 옮김
434·435 **초대받은 여자** 보부아르 · 강초롱 옮김
436·437 **미들마치** 엘리엇 · 이미애 옮김
438 **이반 일리치의 죽음** 톨스토이 · 김연경 옮김
439·440 **캔터베리 이야기** 초서 · 이동일, 이동춘 옮김
441·442 **아소무아르** 졸라 · 윤진 옮김
443 **가난한 사람들** 도스토옙스키 · 이항재 옮김
444·445 **마차오 사전** 한사오궁 · 심규호, 유소영 옮김
446 **집으로 날아가다** 랠프 엘리슨 · 왕은철 옮김
447 **집으로부터 멀리** 피터 케리 · 황가한 옮김
448 **바스커빌가의 사냥개** 코넌 도일 · 박산호 옮김
449 **사냥꾼의 수기** 투르게네프 · 연진희 옮김
450 **필경사 바틀비 · 선원 빌리 버드** 멜빌 · 이삼출 옮김

세계문학전집은 계속 간행됩니다.